十四歳の夏

特攻隊員の最期の日々を見つめた私

中田芳子

台湾・花蓮にて出撃直前の特攻隊員たちの写真

前列左から：三島 中（生存）、小林 脩、栗原 義雄、高橋 渡（生存）、田川 唯雄、大塚 喜信、井沢 賢治
後列左から：笠原 卓三、織田 保也、鈴木 吉平（生存）、山口 文一（生存）、藤井 繁幸、山下（生存）、堤 誠（生存）、原口 三郎（生存）、中田 輝雄（生存）、田部井（生存）、塚田 方也、山脇 研一（生存）

※（生存）とは、出撃しなかったという意味です
※山下、田部井両氏の名前は確認できませんでした

十四歳の夏

特攻隊員の最期の日々を見つめた私

目次

はじめに

遠くでアブラゼミの鳴く声がします。私の八十回目の夏がやってきました。過ぎ去った日々の遠い記憶を辿《たど》りながら、私は今、一冊の本を書き始めようとしています。この世を去る前に、どうしても伝えておきたいことがあるからです。

紺碧《こんぺき》の空、真っ白な入道雲、そして照りつける太陽。この季節が巡ってくるたび、いつの間にか私は十四歳の少女の頃に引き戻されてしまうのです。

その年、昭和二十年八月、日本は戦争に敗れ、瓦礫《がれき》と化した焦土を前に人々は為す術《すべ》もなく茫然と立ち尽《つ》くしていました。その姿を覚えている人たちも戦後六十五年を経た今では、もはや数少なくなってきています。

やがてすべては遠い記憶の彼方に追いやられ、哀しみも怒りもいつしか風化して、遠からず私たちの視界から消え去ってしまうのでしょう。

それを思うと私は居ても立ってもいられない焦りを感じずにはいられません。さらに堪え難いのは、日本が戦争をしたことすら知らない子供たちがいるということです。かつてこの国を護るために尊い命を捧げた若者たちがいたことを、今私はどうしても語り伝えておきたいのです。

昭和六年（一九三一年）台北《タイペイ》で生まれ育った私は、終戦当時、台北市内の女学校の二年生でした。今でいう、中学二年です。日本軍の勝利を夢疑うことなく日々勤労奉仕に勤《いそ》しむバリバリの「愛国少女」でした。

その頃、ふとしたきっかけで特攻隊員の宿舎に遊びに行くようになり、皆さんから妹のように可愛がって頂いていたのです。

でもそれは出撃間近の最期の日々、死と隣り合わせの彼らの日常を十四歳の女の子の眼でじっと見つめ続けるという、あまりにも苛酷《かこく》な、そして強烈な体験ともなったのでした。

昨日まで一緒にトランプに打ち興じていた優しいお兄さんたちが、ある日突然次々と姿を消す。あの時の怖れと哀しみは、齢《よわい》八十となる今日《こんにち》に至っても、少しも消え去ることはないのです。

昭和二十年（一九四五年）四月、アメリカ軍の沖縄上陸作戦が始まり、それを阻止するための熾烈《しれつ》な戦いが沖縄西方洋上で繰り広げられました。特攻隊による体当たり攻撃が連日のように報じられ、緊迫した戦局は日を追うごとに厳しさを増していったのです。

当時、特攻基地が鹿児島県の鹿屋《かのや》とか知覧《ちらん》、加治木《かじき》などにあったことはよく知られているのですが、台湾の基地からも数多くの若者が出撃したことはあまり知られていません。


ここに古びた一枚の集合写真があります。台湾中部東海岸の《花蓮《かれん》》という飛行場から出撃した彼らを写したもので、セピア色に変色したその写真には、十九人の若者が互いに肩を組み合い、軍歌でも歌っているのか、大きな口を開け、底抜けに明るい笑顔で写っています。

それは一見ありきたりな普通の若者たちの酒盛りの場とも見紛《みまが》うほどですが、実は特攻出撃の前夜、別れの酒宴の席で撮影されたもので、そのうち六人が翌《あく》る五月二十日夕刻、花蓮の海を渡って出撃、沖縄の西方洋上に散りました。

その後、日を追って後列の四人も出撃したのですが、それは七月十九日。終戦までわずか一月《ひとつき》足らずという時でした。

この写真の後列に、タオルを首にかけ、満面の笑みを浮かべて立っている一人の若者が写っています。実は彼は後に私の夫となる中田輝雄《なかだてるお》なのです。終戦がもう少し延びていたら、当然この世にはいなかった人でした。

しかし、生き残ったがための苦悩の人生！　親友を見送り、当然自分も後から行くものと信じ、それを約束して別れたはずが、突然の終戦で生き残ってしまった。自分だけが生き延びているという罪悪感。それは二十歳《はたち》そこそこの若者にとって、言葉では言いつくせない心の傷となり、その辛酸《しんさん》は終生つきまとうことになるのです。

昔のアルバムに残されたこの古い写真を前に時折り肩を落としては、じっと見入っていた夫のうしろ姿は今も脳裏に焼き付いて離れません。夫にとってこの一枚の写真は在りし日の懐かしい仲間たちとの日々を偲《しの》べる唯一の宝物でもあり、同時に生きのびたがゆえの重い苦悩の枷《かせ》でもあったのです。

夫とは四十八年間連れ添い、二〇〇〇年五月、わずか半年あまりの短い闘病生活の後、七十四歳で旅立ちました。逝《い》ったあと枕《まくら》の下から遺書が見つかり、そこには自分の生涯を凝縮《ぎょうしゅく》したかのような辞世の歌を、その最後に書き遺《のこ》していました。


幾山河越えて戦《いくさ》の友がらと空にて会わん　五十年《いそとし》過ぎて

夫は戦後五十五年間を生きたことになりますが、私はふと、彼の生涯は多くの友人を見送ったあの時点で、一緒に終わっていたのではないかと思うことさえありました。それほどその心の重圧は、終生消え去ることのない苦しみそのものだったのです。

夫は目前に迫る死を感じながら、その怖れと共に、これでようやく重荷《おもに》を下ろせるという、安堵の思いもあったに違いありません。

しかし、同じように生き残ってしまった特攻隊員でも、戦後すぐに気持ちを切り替え、逞《たくま》しく祖国復興のために歩み始めた人たちも少なくありませんでした。

何故こうまで私の夫は生き残った自分を責め続けねばならなかったのか。私はただ彼が優しすぎて気が弱かった、そのせいで……と、ずっとそう考えていたのですが、実はそれだけではなかったのです。夫の死後十年の時を経て、つい最近、ようやくそのナゾを解くことができたのです。

それはこの一枚の写真に写っている特攻隊員の遺書の中に記されていた夫の名から浮かび上がった六十五年前の真実なのですが、そこには戦争の酷《むご》さ、そしてその不条理を思い知らされる辛い事実が隠されていたのでした。

この一枚の写真がいかに多くの哀しみを秘め、一人一人の想いを訴えかけているか……。

とても言葉では言い尽くすことができません。

十四歳の少女の頃に遭遇した戦時下の悲しい体験。あまりにも軽い人《ひと》の命……生と死との境界線を身をもって知った怖ろしい日々でした。わずか二カ月足らずの短い期間でしたのに、その記憶は生涯消え去ることはなかったのです。

それらをすべて語り尽くすには、私はもはや歳を取り過ぎてしまったかもしれません。記憶も否応《いやおう》なしに薄らいでゆきますし、私に残された時間の中で、あの頃遭遇《そうぐう》した様々な事柄をどこまで伝えることができるか、心許《こころもと》ない気もしてきます。

でも、私たち昭和ヒトケタ世代には、戦争の悲惨《ひさん》さをナマの声で後世に伝えなければならない義務があるのです。あの日々、若くして散っていった隊員達の叫びを、今この私が語り継がずして、誰が後世に伝えてくれるというのでしょう。

最後の語り部として私がこうして書き記すことは夫もまた願い、幽冥《ゆうめい》の彼方から後押ししてくれるに違いありません。

こんな悲劇を二度と繰り返してはならない！　そして永遠に風化させてはならない！　その思いを込めて書いた、これは今は亡き人たちへ捧げる、私の《鎮魂歌》でもあるのです。

第1章　台湾の夕焼け

幼い日に見ていた台湾の夕焼け空……それがどんなに美しいものだったか、何と表現すれば分かって頂けるでしょうか。よく「茜色《あかね》」などと言いますが、台湾の黄昏《たそがれ》の空はもっと深い、とろけるようなワインカラーなのです。

その頃といっても、もう七十年以上も昔の話なのですが、夕方になるとどこからともなく現れるコウモリの大群で、空一面がうす黒く覆《おお》いつくされることがよくありました。その群れは決まって一定の方向に向けて飛び続けるのですが、仲間うちで何かサインでも交わされるのか突然群れ全体が向きを変え、一瞬にしてまったく逆方向に急降下したりするのです。それは紫のキャンバスを背景に繰り広げられる一大ショーにも見え、息を飲むほど美しく、神秘的な光景でした。

窓辺に頬杖をついて、空ばかり眺めていたその頃の私は六歳くらいだったでしょうか、身体が弱く、台湾の風土病とも言われていたアメーバ赤痢（※註1）に何度もかかっていました。食事も受けつけず、一人で二階に寝かされていたのですが、それでも半ば朦朧《もうろう》とした意識の中で窓の外に広がる美しい夕焼け空を飽きもせず眺めていたのです。

そんな時、なぜかわけもなく涙が頬を伝うのでした。今思うと私は身体ばかりでなく心も病んでいたのかもしれません。

大空に吸い込まれていくような不安。その頃の私が何より辛かったのは、子供なのに明け方近くまで眠れないという日々が続いていたことでした。

もし私が現代のいわゆる少子化時代の子だったら、いち早く親に気づかれ、病院でいろんなクスリを飲まされ、「ナントカ症候群」みたいな病名を付けられて、本物の問題児になっていたかもしれません。

幸か不幸か私は十人兄弟姉妹のど真ん中、六番目の子だったのです。

私の下には赤ん坊もいたので、母親も私の身体についての心配こそすれ、夕方になるとポロポロ涙を流している病弱な娘の心の内まで推しはかるほどの余裕はなかったに違いありません。

それでも母は私を病院で診察してもらう時、「先生、どうしてこの子だけ、こんなに神経質なんでしょうねぇ」と、ため息交じりに言うのでした。おそらくアメーバ赤痢など、今の時代なら抗生物質で一発で治っていたはずです。

小学校に上がってからもこのアメーバ赤痢はたびたび私の身体を脅《おびや》かしました。度重なる下痢と腹痛。

ひどい話ですが当時の医者は、なぜか水分を摂ることを禁じていたのです。「腸を干《ほ》さなければいけない」というのがその持論でした。今思えば私は完全に脱水症状を起こしていたのでしょう。体重は三年生になっても二十キロにも満たないひ弱な子供でした。

その頃兄たちが付けた私の綽名《あだな》は、なんと「骨皮筋衛門《ほねかわすじえもん》」。

遠足にも参加できず、みんなが楽しそうにワイワイはしゃぎながら家の前を並んで通るのを、二階の窓を細めに開けてじっと見ていました。母親には悟られまいと窓枠に頬を押しつけながら、羨《うらや》ましさに涙をポロポロこぼしていました。

あとで知った話ですが、私はお医者さんに、「おそらく二十歳《はたち》くらいまでしか生きられないだろう」と言われていたのだそうです。母は、「どうせ長くは生きられない子、大事にしてやらなくては」と、そう思い想いして育ててくれたらしいのです。ですから十人もいる兄弟姉妹なのに、私だけ特別扱いされていることを、子供心にずっと感じていました。

二階の窓からは他にもいろいろなものが見られました。

学校を休んでお昼間一人で寝ていると、ザックザックザックと遠くから靴音が聞こえてきます。

「あ、兵隊さんだ！」、飛び起きたいのはやまやまですが身体がしんどく、やっと四つん這いになって窓を開ける頃には、兵隊さんたちの姿がもう間近に迫っているのでした。

その頃は、太平洋戦争勃発までわずか二年足らず。台湾各地に大きな部隊が駐屯し、軍事体制は日に日にかためられていました。

行進するのはほとんどが入隊したばかりの初年兵の兵隊さんです。それぞれの兵舎から小銃を肩に隊伍を組んで出発し、大声で軍歌を歌いながら街中《まちなか》を行進するのです。

小隊ごとに選ばれるのでしょうか、一人だけ先頭に立った兵士が朗々とした声で軍歌の何小節かを先に歌います。

「万朶《ばんだ》の桜か襟《えり》の色〜」

続いて五十人くらいの兵隊さんが声をそろえて続けます。

「万朶の桜か襟の色ォ～」

みんな真っすぐ前を向き、真面目な顔をして行進するのですが、中には顔だけまっすぐ、目はキョロキョロという兵隊さんもいて、二階の窓から身を乗り出して見ている小さな私をいち早く捉《とら》えてくれるのです。思わず手を振ると、やはり真正面を向いたまま眼だけこっちに向け、ニコッと笑ってくれるのでした。

軍歌というのはほとんどがこうして行進するにはピッタシの四分の二拍子ですが、なぜかマイナー（短調）の曲が多かったのです。

勝ってくるぞと勇ましく
誓って故郷《くに》を出たからは
手柄立てずに死なりょうか
進軍ラッパ聞くたびに
瞼に浮かぶ旗の波

『露営の歌』

短調の軍歌はどんなにリズムに乗って元気よく歌っても、やはりどこか物悲しく、しかも舗装された道路を踏むザックザックという軍靴《ぐんか》の響きがそれを煽《あお》りたてるのです。

その頃はすでに大人たちの日頃の会話のはしはしに、「戦争」の二文字が囁《ささや》かれるようになっていました。ですから軍靴の響きは、忍び寄る戦争の気配をうかがわせるようで何とも不気味でした。

私の家は台北でも広いメイン通りに面していて、窓から見える道路の道幅は相当広く、片側三車線もありました。当時は信号機もなく、車が行き来する間を縫って向こう側に渡るのは、小学生の子供にはとても怖かったものです。

道路の真中に中央分離帯があって、緑豊かな街路樹は四季を問わず、たわわな枝をひろげていました。その所々に蛍光灯の街灯が立っていて、夜になると二階の窓からも木々の緑が浮き上がって見え、それは美しかったものです。台湾は日清戦争の勝利で日本が中国から植民地として手に入れ、以来五十年間統治してきたのですが、当初から都市計画にはよほど力を注いできたのでしょう。

その道路は現在の「中山北路」で、別名「勅使《ちょくし》街道」「御成《おなり》街道」とも呼ばれていて、台北を訪れる高官や、時には皇族の方たちが台湾神社に参拝なさるのに、必ずそこを通ることから名付けられたようです。それは真っすぐに延びる立派なアスファルトの舗装道路で、車だけでなく他にも色々なものが通りました。台湾人の物売りの声もひっきりなしに聞こえてきます。

「ユーチャーコェ、ユーチャーコェーよ」

「鋏《はさみ》、包丁《ほうちょう》研ぎなおしー」

「玄米パンのホヤホヤー」

聞こえるたびに私は窓を開け、それらの姿を探すのです。

「ユーチャーコェ」というのは台湾のお菓子で、フワフワした生揚げの大ぶりな感じのもので、よく売れていました。そうした物売りからの買い食いは親からキッパリと禁じられていましたが、兄たちがこっそり買うのを少し分けてもらっては内緒で食べていたものです。

たしかに他にも不衛生な食べもの売りも少なくありませんでした。口の周りが真っ赤になるほど、どぎつい色のついた杏《あんず》や李《すもも》の砂糖漬け……、でも子供たちにはそれが何とも言えない魅力だったのです。

近くには大きな市場もあり、そこで買えばきちんと衛生管理が行き届いていたのですが、食べてはいけないとキツく止められるほど、かえって手が出るというのが子供というものなのでしょう。

そうした行商の菓子売りの周りにはいつも蝿がブンブンたかっていて、自転車に取り付けた古ぼけた旗の下には決まって二〜三枚の蝿取《はえと》り紙がぶら下がっているのでした。そこにベタベタと貼り付いた、蝿の残骸《ざんがい》……。でも子供たちには、そんなもの目ではありません。古新聞紙でこしらえた粗末な三角形の袋ごと台湾人から手渡される、甘酸っぱい干しアンズ。ポタポタこぼれて落ちる真っ赤な汁を舐めなめ、親に隠れて食べるその味はまさに「禁断」の味なのでした。

普段買い物をする大きな市場は我が家の斜め筋向かいにあり、いつも活気に溢《あふ》れた売り声が飛び交っていました。各々のお店の経営者は日本人も台湾人もいて、ごく普通に仲良く商売を営んでいたのです。お肉や野菜はもちろん、味噌醤油にいたるまで通常の日本食の素材はすべてそろっていて、豊かな生活が何不自由なく続いていました。

太平洋戦争勃発直前の昭和十六年（一九四一年）頃のことですから、その後五年足らずの内に、私たち日本人はここでの生活基盤の一切を奪われ、この楽園を追われる運命だったのです。そんなこと、いったい誰が想像し得たでしょうか。

真夏の暑さはともかく、四季おりおりの温暖な気候……、植民地ということで少し優位な立場にあった日本人の鷹揚《おうよう》な、恵まれた日常。その頃の台北市の人口の半分は日本人が占めていました。


小学校の数も多く、日本人学校だけでも台北市内に七校もあり、台湾人の小学校は「公《こう》学校」と呼ばれ、別になっていました。私が通っていた小学校は「建成《けんせい》国民学校」という名で、各学年五クラス、しかも一クラス五十名以上というマンモス校なのでした。

一応学区域は決められていましたが、「建成」には「ガソリンカー」と呼ばれたガソリンで動く列車やバスで、郊外から通ってくる生徒も大勢いました。

台北市内には何本かの路線バスも走っていましたし、どこへ行くにも不自由はなかったのです。

でも私が病院へ行く時には、たいてい「トーシャ」と呼ばれる、台湾人の人力車を使っていました。市場の近くにトーシャのたまり場があり、いつも四、五台たむろしては客待ちをしているのです。

市街地の中心部にある病院へ行くのに、トーシャの車賃《くるまちん》をめぐって母と車引きとの間に、しばしば軽妙な駆け引きが展開されるのでした。行き先だけ告げて乗ってしまうと、あとで法外な値段を吹っかけられることもあったからです。

やっと折り合いがついて、母の膝に乗り、幌《ほろ》を下したトーシャに揺られていると、なめらかなアスファルト道路をヒタヒタと軽やかに走る車引きのリズミカルな足音だけが心地よく耳に入ります。普段は寝つかれないはずの私も、ついうとうとしてしまうのでした。

他にも小さな弟妹がいて大変だったはずなのに、私につきっきりで病院に通ってくれていたことが、今になって不思議に思えるのですが、それというのもその頃の台湾では使用人を雇うのに人件費がとても安く、洗濯にしても子守りにしても、「チャボさん」と呼ばれる若い娘のお手伝いさんがずっと通いで来てくれて、家事のほとんどを気楽に任せることができたからなのです。

十人の子供を産み、育てることがどんなに大変だったかは十分分かるのですが、実は私は母が赤ん坊のオムツを洗っている姿を一度も見たことがなかったのです。言いかえればそれだけ、外地での生活は恵まれていたということなのでしょう。

戦争にさえ巻き込まれなければ、父も母も幸せな生涯をあのまま常夏の地、台北で過ごすことができたでしょうに。

父は敗戦後の引き揚げによって、それまでコツコツ築き上げてきた三十有余年の財をすべて失い、無念の思いを抱いたまま昭和三十五年（一九六〇年）春、七十年の波乱の生涯を閉じることになるのです。

※註１：アメーバー赤痢＝
赤痢の一種で熱帯・亜熱帯地方の伝染病。赤痢アメーバが病原体。腹痛とともに一日数回、粘液や血液を交えた下痢便が続く。再発を起こしやすいが一般に予後は良好である。

第2章　激動の時代に

私が生まれた昭和六年（一九三一年）は日本にとってまさに激動の年でした。満州事変が勃発《ぼっぱつ》したのもこの年です。十月には日本軍（関東軍）が、中国遼寧省《りょうねい》の錦州《きんしゅう》を爆撃、戦火は一挙に拡大しました。同じく十月二十四日、国際連盟理事会が日本に対し満州撤兵《てっぺい》を勧告《かんこく》しています。

激動の昭和史の事実上の幕開けでした。

翌、昭和七年には上海《しゃんはい》事件勃発《ぼっぱつ》。次いで昭和八年、日本はついに「国際連盟」を脱退してしまいます。

国内では言論の自由も奪われるようになり、プロレタリア文学の代表作ともいうべき『蟹《かに》工船《こうせん》』の作者、小林多喜二《こばやしたきじ》が特高警察の手によって惨殺されたのもこの頃でした。こうした時代背景をみても、その当時の世相のすさまじさが推《お》しはかられるのです。それから先は、まさに雪だるま式に日本は軍国主義に向けて怒濤《どとう》の勢いで疾走を続けます。

つまり私たち昭和ヒトケタ世代は生まれながらにして、「戦争の影」を背負い、教育も生活もすべて軍国主義一色。確実にその洗礼を受けつつ成長した世代と言えるでしょう。

外地だった台湾でも、国民学校では毎朝朝礼のたびに国旗掲揚が行われていました。中央スピーカーから『君が代』の曲が流れる中、校庭に並ぶ一三〇〇人余の児童の目が、中央の高いポールにするすると揚げられてゆく日の丸の旗に集中します。そのあと勇壮な軍艦マーチが流れ、全校生徒の一糸乱れぬ行進が続くのでした。

天皇は「現人神《あらひとがみ》」、つまり人間の姿をした神様だと、子供たちは教え込まれていました。天皇陛下が話題に上るときには必ずそのアタマに「畏《かしこ》くも」という言葉が冠《かん》せられるのが常でしたから、どんな時でも「カシコクモ」の一語が耳に入るや否やその場で全員起立し、直立不動の姿勢を取らなければならなかったのです。

でもアンデルセン童話の『裸の王様』ではありませんが、子供はいつの時代にも正直ですし、きわめてシビアです。

「じゃあ、天皇陛下ってご飯も食べないし、オシッコもしないのかしら…」などと、ヒソヒソ囁《ささや》きあっては笑っていたものでした。

昭和十六年（一九四一年）十二月八日、海軍の真珠湾奇襲によって太平洋戦争の火蓋が切って落とされたのは、私が国民学校（小学校）五年生の時でした。

「戦争だ、開戦だ！」

「アメリカと戦争が始まったぞ！」

興奮ぎみに大人たちが交わす言葉を聞きながら、子供心に不安もあった反面、私はなぜか武者震いにも似た決意を感じていました。

（絶対勝つ！　勝つに決まってるんだから！）

あの朝の何とも言えない緊張感……いつもなら賑《にぎ》やかにおしゃべりしながら妹たちと登校するのに、あの日ばかりはランドセルを背負ったまま、口数も少なく、いつもの通学路を歩いたことが昨日のことのように思い出されます。

その頃の私の体ですが、なぜか幼い頃のあのひ弱さが信じられないほど丈夫になっていました。母はどこから聞きおよんだものか、「この子はカルシウムが足りないのでは？」と考えたらしいのです。私を大学病院に通わせ、一日おきぐらいに注射を続けさせていました。さすがに母はずっとつきっきりというわけにはいかず、私一人でバスに乗って放課後、市内の大学病院まで通いました。

今でも思い出すのですが、カルシウムの注射は打ったとたん、なぜか口の中がカアッ！っと熱くなるのです。自己暗示も多分にあったかと思いますが、確かに元気になれるような気がしてずいぶん長いこと通いました。年頃から言っても体質自体が変化してゆく時期だったのかもしれません。

実は私は今現在でも体重は三十五キロちょっとという身体で、骨も細いのですが、そのわりに丈夫なのは、この時の注射のおかげのような気がしてならないのです。両親は大勢の子どもを抱え、経済的にも大変でしたでしょうに、一人の虚弱な娘のために注射に通わせてくれた、そのことだけでも感謝しなくてはと、今にして思うのです。

元気になった分、私は以前のうじうじしていた自分を取り戻そうとでもするかのように活発で負けず嫌いの、とんでもないお転婆娘に生まれ変わっていました。

今まで死と隣り合わせのようなひ弱な日々を送っていたため、親からも周りからもチヤホヤされて育った分、みんなの注目が自分に集まることを当たり前のように感じていたのです。

自己中心的な我がまま娘として周りからも捉えられていたに違いありません。

国民学校を卒業したのが昭和十九年（一九四四年）の春、私は晴れて…と言うよりも何とか、台北第一高等女学校に合格することができました。

一高女は台湾ではトップクラスの伝統ある女学校で、クラスメートの中には陸軍の部隊長や連隊長のお嬢様もいたりして、当時の時代背景からいっても私にとっては別格のまぶしい存在でした。

徹底した「良妻賢母」育成の女学校で、一本筋の通った教育方針が貫かれていました。

私にはすぐ上に姉が二人いたのですが私たち三姉妹はその年頃からいっても、最も多感な時期でしたから、当時の軍国教育路線をまっしぐら、何の疑いもなく日本の勝利を信じ、心底国策に傾倒していたのは無理からぬことだったかもしれません。時折り、父や母が戦争の辛さを訴え、平和なよき時代のあれこれを愚痴《ぐち》まじりに語ることがありましたが、私たち三姉妹はよく口をそろえて、

「それは反戦思想《しそう》よ！　お母さんたち、非国民《ひこくみん》だわ！　許せない！」

と真剣に食い下がるのでした。

兄の出征を家族と共に祝う小学
６年生の著者（後列左端）

高等女学校に入学したばかりの著者

その頃には兄たち三人はすでに戦地に駆りだされていました。台北帝大の医専を出た長兄は陸軍軍医として南方のニューギニアへ、次兄は陸軍幹部候補生《せい》として台湾南部の部隊へ。すぐ上の兄は学徒出陣（※註2）の海軍少尉で遼東半島《りょうとうはんとう》の旅順《りょじゅん》へそれぞれ出征していたのです。

父母にしてみれば、戦争さえなければ、家族全員そろって何不自由なく平和に暮らせるのにと、それがよほど悲しかったのでしょう。

明治の末期に九州から出てきて、台湾に骨を埋《うず》めるつもりで働き続けた父と母は、十人の子供を育てながら台北のメイン通りに、鉄筋コンクリートの三階建ての家を建てたのです。台湾に渡って以来まさに三十年間、粒粒辛苦《りゅうりゅうしんく》の末にです。それは私が小学校に上がる年、昭和十三年（一九三八年）のことでした。

その頃の嬉しそうな父の顔は今も忘れません。

「これで、地震が来ても何が来ても大丈夫。家族みんなでずっとこの家に住めるんだよ」

しかし、結局父は三十年間働いて建てたその家にわずか七年しか住むことができず、敗戦後の引き揚げで、すべてを失い、まさに一生を棒《ぼう》に振ってしまうことになるのです。

今にして思えば父母の辛さ、哀しさが身にしみて分かるのですが、あの頃私たちは軍国主義に何の疑いも持たず、日本の勝利を信じ続けていましたから、戦争を憂《うれ》う両親を激しく責めたりもしたのです。いかに軍国主義の洗礼を受けて育ったからとはいえ、今さらながら悔《く》やまれてなりません。

思えば開戦直後は破竹《はちく》の勢いで勝ち進んだ日本軍でした。

昭和十七年（一九四二年）二月十五日、シンガポールが陥落したというニュースが伝わった日のことは今でも忘れません。街を歩いている人の誰もが、知り合いでも何でもないのに、

「シンガポール陥落、おめでとう！」

「よかった、よかった！」

と声を掛け合い、抱きあわんばかりに喜んだものです。街中《じゅう》、まさに興奮の坩堝《るつぼ》といった感じでした。

その夜は「提灯行列《ちょうちんぎょうれつ》」の長い列が我が家の前の三線道路をえんえんと練り歩き、「万歳！バンザイ！」の声は引きもきらず台北の夜空に響きわたりました。

歌え今こそ高らかに
無敵日本のかちどきを

シンガポールは遂に陥《お》つ
シンガポールは遂に陥つ
ああ、東洋の夜は明けぬ
万歳　万歳　万々歳

私は今もその歌を諳《そら》んじて歌うことができるのですが、（ああ、日本は強いんだ！）と、子供なりに誇らしい気持ちで歌っていたことを思い出します。

が、それも束の間、日を追うごとに厳しい戦況が、私たち庶民《しょみん》にも伝わってくるようになってきました。

ラジオニュースで知る内地の状況に比べれば台湾は遙《はる》かに穏《おだ》やかでしたが、それでも子供心にもなにか不吉《ふきつ》な予感が時折り頭をもたげるようになってきたのです。

ニュースの時間になると、みんなラジオの大本営《だいほんえい》発表（※註3）に耳をそばだてます。流れるテーマ音楽が『軍艦マーチ』だと、それは華々しい日本軍の勝利を伝える内容なのですが、反対に戦果が不利だったり、戦死者が多く出たりすると、音楽も一変して哀しく暗い『海ゆかば』の曲にとって変わるのでした。

海行かば
水漬《みづ》く屍《かばね》
山行かば
草生《む》す屍
大君の
辺《へ》にこそ死なめ
顧《かえり》みはせじ

『海ゆかば』

私は今でもこの歌は涙なしには歌えません。恐らく同じ世代を生きた人たちも同様だと思います。

最も記憶に残るのが昭和十八年（一九四三年）五月、連合艦隊司令長官山本五十六《やまもといそろく》元帥（生前は大将）の戦死が大本営から発表された時、ラジオからずっと流れ続けていたのがこの『海ゆかば』のメロディーでした。

実は山本元帥が戦死したのは四月だったそうで、それまで軍部はずっと隠し続けていたらしいのです。こうして国民には知らせないようにしていた事実が、このほかにもずいぶんあったようでした。

「海軍大将山本五十六」と言えば、真珠湾攻撃もマレー沖海戦でも世界に名を馳せた大提督。この人を失ったことが国民に知れると、戦意を失うこと必定、そう考えたのは無理からぬことだったと思います。

事実、その後の日本国民の士気は、子供の目から見ても明らかなほどしぼんでいったのでした。

昭和十九年（一九四四年）に入ると、敵機の襲来も頻繁になり、台北にもたびたび「警戒《けいかい》警報《けいほう》」や「空襲警報」が発令され、不気味《ぶきみ》なサイレンが鳴り響くようになりました。

「警戒警報」というのは「敵機が近づいているから、要《よう》注意」という合図で、サイレンは一分間くらい鳴り続けます。

「空襲警報」の場合は、「敵機の襲来」を告げ、五秒間隔くらいの短いサイレンが不気味に繰り返し鳴り響くのでした。

家の前の道路沿いに幾つも防空壕《ぼうくうごう》が掘ってあり、といっても、それらはすべて自分たち自身の手でスコップを使ってこしらえたものでしたが、空襲警報のサイレンが鳴り始めると大人も子供もその地下壕《ちかごう》に潜《もぐ》りこみ、敵の編隊が侵入するのを遠い爆音で感じながら、ひたすらその通過《つうか》を待つのでした。

時折り、ズドーンと遠くに爆弾の落ちる音がし、それが次第に近づいてくると、次はここに落ちるのではないかと生きた心地《ここち》もしませんでした。家族みんなで身体を寄せ合い、ずっと震《ふる》えていたものです。

空襲は昼夜見境《ちゅうやみさか》いなくあって、夜中に空襲警報が鳴り始めると、眠い目をこすりこすり、二階から降りて壕《ごう》へと急ぎました。ですから、毎晩枕もとには防空頭巾《ぼうくうずきん》（※註４）や身の回りのものをつめたバッグ、そして靴を並べ、何時でも飛び出せるようにしていなければなりませんでした。

しかも「灯火管制《とうかかんせい》」といって電灯は一切点けられませんでしたから、暗闇《くらやみ》を手探《てさぐ》りで出るのです。寝ぼけ眼の私は何度もアタマを柱や壁にぶつけていました。時には深夜の空襲で「照明弾」が何発も落とされ、街中《まちじゅう》がまるで昼間のように明るくなることもありました。

「照明弾」にはパラシュートでもつけられているのでしょうか、実にゆっくりと降りてきます。つまりその時間中、敵側からは台北市内が明るく写し出されて見えているというわけです。それはなんとも不気味な光景でした。

そんな時、子供心にも、（敵はすごいなあ〜、日本は大丈夫かな？）と思うのでした。でもすぐに頭《かぶり》を振って、（最後には神風《かみかぜ》が吹いて、絶対日本は勝つ！）と心に叫んでいました。

それでも、子供が考えても頭を傾《かし》げたくなるような無意味なことにも、再三出くわしたものです。

昭和十九年（一九四四年）の十月、つまり終戦の前の年、「台湾沖航空戦」という、戦争史上にも残る激しい戦いが台湾近海で繰り広げられました。この時ほど「戦争」が身近に感じられたことはなかったのですが、軍からのお達《たっ》しで「市内の街路樹《がいろじゅ》を切り倒《たお》し、それをただちに燃やすように」という命令が、朝早く「隣組《となりぐみ》」（※註5）を通じて届きました。私たち子供もみんな駆《か》り出され、各自の家の周りの大きな樟《くす》などをノコギリでゴシゴシ切り倒し、道路でそれを燃やしたのです。

その時命令を下した軍上層部の意図《いと》というのが、生木を燃《も》やして煙を上げ、その煙幕《えんまく》で台北の街を覆《おお》い隠《かく》し、敵の空爆の的から逃《のが》れる、というとんでもない幼稚な発想だったのです。

私は子供心に、（煙を出していたら、敵の飛行機から、「あ、あそこが台北の市街だな！」

と目標にされ、かえって危険じゃないのかなあ〜）と心配でした。

アメリカ側はとっくの昔に台北の航空写真や俯瞰地図を入手していて、どの建物がどの位置にあるか、おそらく手に取るように分かっていたはずなのです。


伐採作業は早朝から進められ、今まで整然と立ち並んでいた街路樹が次々と切り倒されてゆきました。あんなに美しかった台北の街が、どこもかしこもススだらけ。情《なさ》け容赦《ようしゃ》なく切り倒された街路樹は、みるも無残な生焼《なまや》けの木々となって転がっています。なんせ生の木ですから、そう簡単に燃えるわけもなく、ブスブス燻《いぶ》ってその煙《けむ》いこと。でもほとんどが樟《くすのき》で、もともと樟脳《しょうのう》の原料となる木ですから、その香りは何とも言えない、まるでお香《こう》でも焚《た》いたようないい匂いです。それは翌日になっても街中にただよっていました。

その効果かどうか、その日は少なくとも私の家の周囲では何事も起こりませんでした。まさに「泰山鳴動《たいざんめいどう》して、ネズミ一匹云々」の様相《ようそう》を呈《てい》していました。

でも、おカミからの命令とはいえ、そういうふうにみんな総出《そうで》で何かに取り組むことで、大人たちはみんなハイテンションになっていました。ご近所同志おしゃべりしながら木の枝をボキボキ折って、焚《た》き火に放り込んでいる様《さま》は、なんだか平和な時代のキャンプを思わせるような浮き浮きした表情に見えたものです。でも、命令通り動いていた大人たちも、その作戦が無意味で愚昧《ぐまい》であることは百も承知だったのかもしれません。

※註2：学徒出陣（がくとしゅつじん）＝
第二次世界大戦の戦局が重大化した昭和十八年、戦力拡充のため、理工科系以外の大学・高等学校・専門学校の学生に対する徴兵猶予が停止され、同年十二月法文科系の学生の大半が徴兵検査を受けて陸海軍に入営した。

※註3：大本営発表（だいほんえいはっぴょう）＝
太平洋戦争（大東亜戦争）において、日本の大本営の陸軍部及び海軍部が行った、戦況などに関する公式発表のこと。当初はほぼ現実どおりの発表を行っていたが、ミッドウェー海戦の頃から損害矮小化発表が目立ちはじめ、不適切な言い換えが行われるようになったことから、現在では「内容を全く信用できない虚飾的な公

式発表」の代名詞にもなっている。

※註４：防空頭巾（ぼうくうずきん）＝
綿入れの布で作った被り物で、頭を保護するためのもの。

※註５：隣組（となりぐみ）＝
第二次世界大戦中に設けられた国家総動員体制の末端にあたる地域組織。十戸前後を単位として組織され、組長から回覧板を回して上意下達の国民統制を徹底させるために使われた。

第3章　勝利の日まで

子どもの目から見て、戦時下のことで何か変だなあ～と思ったことは他にもありました。

ご存じ「竹ヤリ訓練」です。敵兵に見立てたワラ人形に、女学生の私たちは、長刀《なぎなた》をエイヤっとばかりに突き刺《さ》し、すぐに引き抜いて、又列の後ろに並ぶのです。

（アメリカ兵は、こうやって竹ヤリ持って突っ込んでいく間、このワラ人形みたいにジッと動かないでつっ立ってるわけないのになあ～）

そう思いながらも、順番が回ってくると、「にっくき米英《べいえい》！」とばかり力を込めて、ブスっと長刀《なぎなた》を突き刺してはいましたが……。

それらは当時「教錬《きょうれん》」という授業の一環として行われていました。

その他にも「修錬《しゅうれん》」と言う特別な時間があって、それは室内での講義でしたが、勉強というよりも、魂を鍛える、いわば精神修養の場なのでした。

和室に正座させられ、「大和魂」とか、「防人《さきもり》の歌」など、日本古来の精神を学ぶ、そんな授業だったのです。

初老の男の先生でしたが、こんこんと諭すようなゆっくりした語調のお話は正直なところ少しばかり退屈ではありました。しかも長時間の正座で足が痺れ、とても辛かったのですが、でも今思うと、その時伺ったお話が人生の途上でどれほど役立ち、自分の人格形成の上でも大きな支えになったことか、計り知れないものがあるのです。

昭和二十年（一九四五年）に入ると、戦局はいっそう激しさを増し、空襲も以前に倍して頻繁になってきました。本来ならば新学期に入って二年生の授業が始まるはずなのにほとんど授業らしい授業はなく、「勤労奉仕《きんろうほうし》」の名のもと、もっぱら軍の手作業《てさぎょう》、例えばピンセットや刃《は》の薄《うす》いナイフを使って、飛行機の絶縁体に使う鉱物の「雲母《うんも》」を一枚一枚剝《は》がす仕事や、敵の電波《でんぱ》探知機妨害《ぼうがい》に使うための「銀紙作り」に精を出していました。アルミホイルのようなテープをくるくると巻きとって、ひとつひとつ束ねていくのです。作業場になっている教室には見回りの軍人さんが時々回ってきます。女学生たちはみんな真剣《しんけん》に黙々と取り組んでいましたが、見回りが手薄《てうす》になると、すぐにおしゃべりが始まるのでした。

私達のもっぱらの話題は、その頃ラジオから流れていた新しい軍歌や、国民歌謡《こくみんかよう》といわれていた愛唱歌で、特に航空兵やパラシュート隊を歌ったものには人気が集まっていました。
戦時中は戦意を鼓舞《こぶ》するために次々と勇ましい歌が作られ、ラジオの電波に乗ってすぐに広まっていったのですが、いつの時代も同じで、若い人たちはその時々に流行《はや》り出す歌には敏感です。そしてそれを先取りして覚えることが当時の私達にとってはささやかな楽しみでもあり、ほんの少しばかりの優越感をも満《み》たしてくれるのでした。

『勝利の日まで』

丘にはためく　あの日の丸を
仰ぎ眺める　我らの瞳
何時かあふるる　感謝の涙
燃えて来る来る　心の炎
我はみんな　力の限り
勝利の日まで
勝利の日まで

この『勝利の日まで』という歌は、多くの戦時中の歌の中でもなぜか印象に残っていて、今でも口ずさむたびに、勝利を信じ続けていた、一途で多感な女学生時代を思い出して胸がいっぱいになるのです。

そして《戦争》という極限状態の、いわゆる「非常時」と呼ばれたあの時代の、冷え冷《び》えとした街の風景までもがありありと蘇ってくるのです。

歌のもたらす不思議な魔力というものなのでしょうか。

平和だった頃には華やかに飾りつけられ、数多くの品物で溢れていた繁華街のデパートも、日を追うごとに商品が姿を消し、そのうちすっかり一掃されたガランドウの棚や、ショウインドウが目立つようになってきていました。

でもなぜかエレベーターだけはぎりぎりまで動いていたのです。私たち姉妹が最後の買物をしたのが、文房具コーナーで売っていた封筒と便箋でした。

それは、紙質こそお粗末でしたが、「中原淳一」とか「松本かつぢ」（※註6・7）など、当時の売れっ子挿絵画家の描いた可愛らしいキャラクターつきのものだったのです。

米英を打ち倒す勝利のその日まで、何が何でも頑張るぞ！　というガムシャラな気持ちを持ちながらも、一方ではふつふつと湧き上がる、美しいもの、愛らしいものへの憧れもあったのです。それを当時は矛盾とも何とも思ってはいませんでした。

なんせもともと私達にとって「非日常」そのものが、「日常」だったのですから、他の生き方との比較のしようがなかったのです。

「贅沢は敵だ！」
「欲しがりません　勝つまでは」
「すすめ一億火の玉だ！」

こういったビラが街なかのあちこちに貼られ、いやでも目に入るのです。

今思っても可笑しいのが、「パーマネントは止めましょう」というポスターでした。

その頃にはスカートもワンピースも厳禁、女の人はそろって足首だけがギュッとしまった、全体が太めのダブついたパンツの「もんぺ」姿。ちなみに男性は「国民服」といわれたカーキ色の上下。軍服に近い、黒ボタンの洋服に統一されていました。

パーマはなぜ反対されたのかと言いますと、「日本女性は本来まっすぐで黒々とした髪を持って生まれたはずなのに、わざわざチリチリにして、欧米のものまねをするのはケシカラン」、というわけなのです。
その頃子供たちの間では「替え唄」が大流行《おおはや》りで、軍歌のメロディーに被《かぶ》せては色々な歌をふざけた歌詞で歌っていたのですが、このパーマネントなど格好の材料になっていました。

「パーマネントに　火がついて
みるみるうちに　ハゲ頭
ハゲた頭に　毛が三本
ああ恥かしや　恥ずかしや
パーマネントはやめましょう」

もちろんカセットレコーダーなどありませんから、子供たちは仲間同士の口伝えでこうした歌を流行らせていったのです。それでもテレビなどの一方的な受け身の楽しみと違って自分たち自身で考え、そして歌う。そういう意味では昔の子供たちのほうが遥かに行動的だし、イキイキしていたように思います。

たかが替え歌、と思われるかもしれませんが、現代の携帯やゲーム機に翻弄され、孤独の中でそれを何とも思わず遊んでいる子供たちを見ると、子どもにとって幸せとは何なのかを改めて感じさせられるのです。

それにしてもその頃の軍歌の作曲家はいいメロディを遺したものです。これが軍歌でなく、平和な時代の行進曲か何かでしたら、きっと甲子園の入場式などでずっと演奏し続けられたに違いありません。

藍より蒼き　大空に大空に
たちまち開く　百千の
真白きバラの　花模様
見よ落下傘《らっかさん》　空に降り
見よ落下傘　空を征く
見よ落下傘　空を征く

『空の神兵』

エンジンの音　轟々《ごうごう》と
隼は征く　雲の果て
翼に輝く日の丸と
胸に描《えが》きし赤鷲《あかわし》の
印は我らが　戦闘機

『加藤隼戦闘隊』

見たか銀翼《ぎんよく》　この勇姿《ゆうし》
日本男子が精こめて
作って育てた我が愛機《あいき》
空の護りは引き受けた
来るなら来てみろ赤とんぼ
ぶんぶん荒鷲《あらわし》ブンと飛ぶぞ

『荒鷲の歌』

朝だ夜明けだ　潮《うしお》の息吹き
うんと吸い込む　銅《あかがね》色の
胸に若さの　みなぎる誇り
海の男の　艦隊勤務
月月火水木金金

『月月火水木金金』

それこそ携帯はおろかＣＤもテレビも無かったその時代、女学生たちにとって歌は何よりの楽しみ。みんなで歌詞を持ち寄っては声を合わせて歌っていました。
その中のひとつ、それが神風特攻隊の歌だったのです。

無念《むねん》の歯がみ　こらえつつ
待ちに待ちたる　決戦ぞ
今こそ敵を屠《ほうむ》らんと

奮《ふる》い立ちたる　若桜

この一戦に勝たざれば
祖国の往《ゆ》くて　如何《いか》ならん
撃滅《げきめつ》せよの　命受けし
神風特別攻撃隊

送るも往《ゆ》くも　今生《こんじょう》の
別れと知れど　微笑《ほほえ》みて
爆音高く　基地を蹴《け》る
ああ　神鷲《かみわし》の　肉弾行《にくだんこう》

大義の血潮　雲そめて

必死必中体当り
敵艦などて逃すべき
見よや不滅の大戦果

凱歌《がいか》はたかく　轟《とどろ》けど
今は還《かえ》らぬ　ますらおよ
千尋《ちひろ》の海に沈みつつ
なおも　み国の　護《まも》り神

熱涙伝う顔あげて
勲をしのぶ国の民
永久に忘れじその名こそ
神風特別攻撃隊
神風特別攻撃隊

『嗚呼神風特別攻撃隊』

※註６：中原淳一（なかはらじゅんいち）＝
一九一三〜一九八三。イラストレーター、人形作家。大きな目、ほっそりした美少女が、国策に沿わないという理由で、戦時中の一時期、活動を止められていたこともある。

※註７：松本かつぢ＝
一九〇四〜一九八六。本名　松本勝治。昭和を代表する少女漫画・叙情画の作家。代表作のキャラクター「くるくるクルミちゃん」が少女たちの間で大人気だった。

第4章　神風特攻隊

「特別攻撃隊」という言葉が初めて私たちの耳に入ってきた時の衝撃は今も忘れられません。

それは、海軍部関係のニュースで、「本日、太平洋上の敵空母艦隊《くうぼかんたい》に対し、我が海軍戦闘機《せんとうき》が体当たりを敢行《かんこう》、大破炎上《たいはえんじょう》せしめたり…」といったものでした。

当初出撃機は鹿児島県の鹿屋《かのや》とか知覧《ちらん》など、主に九州南部に点在する飛行場から飛び立つことが多かったのですが、昭和二十年（一九四五年）、アメリカの沖縄上陸作戦が始まるや台湾各地からの出撃も増えていったのです。

台湾だけでも五十カ所もの飛行場があったそうで、今は後をもとどめない小さな飛行場から飛び立った特攻機もあったのです。

私たち女学生が勤労奉仕で手先を使った作業をしていた頃、男子中学生は飛行場新設のための滑走路作りの重労働を強いられていました。今でも小学校の同窓会の席上などで、その時の作業の辛かったことは語り草になっているほどです。

特攻隊の話題は学生の間にも次々と広まり、皆その衝撃は隠《かく》しきれませんでした。

そのすさまじい捨て身の戦法はアメリカ側にも大きなショックを与えたようです。なんせたった一機であの大きな航空母艦を炎上させるのですから、戦法や飛行機そのものを「カミカゼ」と呼び、怖れていたそうです。

本来「神風」というのは鎌倉時代の文永十一年と弘安四年の蒙古襲来の時、攻め寄せた敵が玄界灘《げんかいなだ》に停泊していた折も折り、突然暴風雨が襲い、敵船団は壊滅《かいめつ》状態になって命からがら逃げたという、歴史上の故事《こじ》に由来するものです。ですからその頃私たちも、「日本は神さまの国、絶対に負けない、いざとなったら神風が吹いて、日本を助けてくれる」、そう信じ切っていました。

「神風」……そうです、自らを「神の力」と為《な》し、身を捨てて祖国を救う、そういう作戦だったのです。

その後、その戦術は急速に拡大され、海軍のみならず陸軍航空隊でも「振武隊《しんぶたい》」「神威隊《じんいたい》」「誠隊《まことたい》」などと名付けられた編隊が組まれ、次々と沖縄近海に散っていったのです。

その悲壮な体当たり攻撃、それもうら若い隊員ばかり……考えただけで目頭《めがしら》が熱くなるのでした。

それ以前、先きの上海事件にも、「肉弾三勇士《にくだんゆうし》」という美談があり、長い大きな爆弾を三人の兵士が抱《かか》えて敵陣になだれこみ、死を賭《と》してもろともに爆裂《ばくれつ》、敵に多大な損害《そんがい》を与えたというその武勲は歌にもなり、小さい頃からよく聞かされていました。しかし戦闘機による体当たり攻撃を知った時は、比べようもないほどに強いショックを受けたのです。

反面、それは日本の戦局がいかに逼迫《ひっぱく》しているかを示すに余りある「捨て身の戦法」……そんな気がしてならないのでした。それは軍部が考え出した、まさに苦肉《くにく》の策《さく》とも言えるものだったのでしょう。

そこまで捨て身にならなければ持ち堪《こた》えられないほど、日本にはわずかな戦力しか残されていないのだろうか……と、暗い不安がよぎるのでした。

若い航空兵が次々とそれに志願し、国のために命を捧げていることを聞かされた時、私たちはまるで自分自身が死地に赴《おもむ》くような、悲壮《ひそう》な気持ちになっていました。

皆それぞれに故郷があり、父母兄弟がいて、平和な時代であれば家族仲良く笑って暮らせるものを、そのすべてを捨てて死んでいく。たった二十年かそこら生きただけで……。考えれば考えるほど可哀そうでならなかったのです。

私の家は父も母も郷里を離れて久しかったため、それまで私には祖父母など、身近な人の死に直面するという機会もありませんでした。ですから死というものを実感として捉えることが難しかったのです。

けれど、唯一幼い日の遠い記憶の中に残されている悲しい体験から、「死ぬ」ということは「その人ともう二度と逢えなくなる」ことなのだと子供心に深く刻みこまれた、切ない思い出がありました。

父方の遠縁で、幼いころよく家に出入りしていた「ケンちゃん」というお兄さんが十九歳という若さで結核で亡くなったのです。

今では顔も覚えていませんが、そのお兄ちゃんは、夕方になると自転車の前に付けた子供用の小さな椅子に幼い私を座らせ、家の周りをグルグル回って遊んで下さっていました。

他に姉妹もいて、姉などとても羨ましがっていたのですが、なぜか「芳っちゃんがいい」と、お名指しでした。時々近くのお店でお菓子を買ってくれたり、私もケン兄ちゃんが大好きでした。

その日のことはあまり記憶になく、おぼろげな思い出なのですが、私が寝ていた二階のお

座敷で、母がお葬式に着ていった着物を脱ぎながら声を落とし、

「かわいそうに……ケンちゃん死ぬとき、『芳っちゃんにキャラメル買ってあげるんだから、五銭ちょうだい』って何回も言ってたんだって」

そう言いながらしきりに涙を拭いているのです。

その時、私が受けた衝撃！「人が死ぬ」ということがどういうことなのか……幼いながらにその哀しみ、喪失感を思い知らされたのでした。

ケン兄ちゃんの死はその後も私の心に深い影を落とし、死への恐怖を強く植えつけられることになるのです。


「ねえ、知ってる？　今、『梅屋敷《うめやしき》』に特別攻撃隊の方がたくさん泊《とま》っていらっしゃるそうよ」

昭和二十年の春、三月も間もなく終わろうとするある日のこと、いつものように勤労作業で登校すると、友達の一人が声をひそめてまわりの皆に話していました。

「梅屋敷」というのは台北でも古くからある指折りの料亭《りょうてい》で、我が家からもそう遠くなく、女学校の行き帰りに私はいつもその前を通っていたのです。

周囲に巡《めぐ》らされた古めかしい塀の奥には風格のある日本建築のお屋敷が、しっとりとした

佇《たたず》まいで建っていました。黒い屋根瓦《やねがわら》もその門構えも如何にも由緒《ゆいしょ》ある感じで、門を入るとすぐ横手に植え込みがあり、屋敷内の玄関はあまり見えないようになっていました。

門の内側には玉砂利《たまじゃり》がぎっしりと敷き詰《つ》められ、シーンと静まりかえっています。すぐ脇にメイン通りがあって、車の往来《おうらい》も激しいはずなのに、なぜか門の内側は別世界のようにすべてが静止しているように思えるのでした。

子どもの頃から私はこの料亭には何か近寄り難《がた》い、どちらかというと薄気味《うすきみ》悪いものを感じていました。それはいつ通っても人の気配がなく、話し声も聞こえず、時折り高級なクルマが砂利石を軋《きし》ませながら吸い込まれるように入っていくのを見るだけ、だったからです。きっと夜になれば人の出入りもあったのでしょう。でも子供の知らない大人だけの世界、といった不気味《ぶきみ》な雰囲気《ふんいき》をずっと感じていました。

（あの梅屋敷に？　特攻隊の人たちが？）

その日、勤労奉仕を終えての学校帰り、いつもの通学路《ろ》で梅屋敷の前を通ったのですが、私の足はいつの間にかゆっくり歩調《ほちょう》を落としていました。

誰もいない門の扉は開いたままです。恐る恐る玉砂利を踏みしめて敷地の中に入り込み、首をのばして植え込みの陰からそっと玄関を窺《うかが》ってみました。戸は開いていましたが中はしいんと静まりかえって、人の気配もありません。

上がりかまちの向こうの広い板の間には、立派な一枚ものの屏風が立っていて、いかめしい虎か何かの絵が描かれているのが見えます。

ちょっと気後れがして思わず後ずさりしながら、息を殺してしばらくの間その場に立ちつくしていた私でした。

重々しい構えの玄関の立派な庇《ひさし》が、無言でこっちを見降ろしています。（ああ、この奥に、特攻隊の方たちがいらっしゃるのだ）、それだけで私は胸がいっぱいになり、涙をポロポロこぼしながら大きく息を吸うと、そのまま逃げるように門を出たのでした。

今でも、あの時取った自分の行動が不可解でならないのです。まるで吸い寄せられるように門を入り、料亭の玄関先で放心《ほうしん》したように長い間突っ立っていた少女時代の自分の姿が、一枚の絵のように思い浮かびます。

それは、私の人生のうちでも、最も重大な、そして何かを暗示させるようなひとコマだったような気がしてなりません。

私はその日の学校帰り、梅屋敷の敷地内に忍び込んだことは家族には黙っていました。姉などに知れると、大目玉に決まっているからです。

すぐ上の姉は私と同じ台北一高女生だったのですが、品行方正の優等生。私は自由奔放《じゆうほんぽう》でお行儀《ぎょうぎ》の悪い劣等生。

時々学校の廊下を走ったり、大きな声でおしゃべりしては、「風紀係《ふうきがかり》」の上級生につかまって、こんこんとお説教されるのです。また運悪く、そういう時にかぎって通りかかった姉に現場《げんば》を目撃され、夕食の時などに、

「芳《よ》っちゃん、今日、また廊下で騒いで叱られてたでしょ。私、恥かしくてたまらなかった！」

などと、これまたお説教です。ましてやお料理屋さんの門を潜《くぐ》って侵入し、中を覗《のぞ》いていたことなど知れたら大変なことになってしまいます。

当時の女学校は、内地でも同じだったと思うのですが、とても規律が厳しかったのです。

創立が明治の末期という、歴史ある台北一高女の校訓は「正しく、強く、淑《しとや》かに」というものでした。初めの二つはまあ守れるとしても、最後の「しとやかに」だけは、まるで男の子のようだった私には無縁としかいいようがなかったのです。

体形ひとつとってみても、姉たちの女らしい胸のふくらみにくらべ、私のは見事なのっぺ

らぼう。でも、当時の私はそうした「女性っぽさ」が、何故か不潔に思えて仕方なかったのでした。

それゆえ、普段からわざと男の子のような乱暴な振舞いをし、心にもない憎まれ口を叩いてばかりいました。

例えば女学校に合格して、初めてヒダつきの長いスカートが届いた日、そっと試着していると、たまたま遊びに来ていた兄の友人が見つけて、「ふーん。お前でもスカート穿くんか。ま、女学生だもんな」と、鼻の先で笑うのです。

それが口惜《くや》しくて、というより気恥かしさが先立って、私はそのまままいきなり外へ飛び出し、裏塀《うらべい》の、あまり大した高さではなかったのですが、コンクリートブロックによじ登り、その上をスカートのままで平行棒のように歩き始めたのでした。

そしてみんなの呆《あき》れ顔を尻目に、

「見て見て！　これから飛び降りるよ！　スカートの落下傘だよー」

そう言うなりヒラリと飛び降りてヒダスカートの広がり具合を、何回も面白がって見せていました。そんな型破《かたやぶ》りなお転婆娘《てんばむすめ》だったのです。

学校帰りに梅屋敷に侵入したその夜のことでした。夕飯の時、父がみんなに向かって、

「今日、あの梅屋敷から電話があってね……」

と、なにか仔細《しさい》ありげに切り出したのです。

私はドキッとして思わず箸《はし》を止《と》めました。というより、危《あや》うく箸を落としてしまうところでした。

でもそれは思いがけない方向の話だったのです。

「梅屋敷に、二十人ほど特攻隊の兵隊さんが泊《とま》っているそうなんだが……明日の夜、宴会を開くことになって、『お宅に年頃《としごろ》の娘さんが三人いるらしいが、みなさんのお話し相手に寄こしてくれないか』と頼まれたんだよ」

そう言うのです。

それを聞き、私は今度は違った意味で、心臓が飛び出しそうになってしまいました。

でも、母はキッパリと、

「とんでもないことですよ。嫁入り前の娘を料理屋《りょうりや》の宴席になど！」

眉を顰《ひそ》めて反対します。

「でも、特攻隊の人たちは今まで南方戦線や満州などでずっと戦ってきて、台湾は初めての

方も多いらしい。それに命令ひとつで明日にも出撃する、そんな方たちなのだからね……」

と、父は続けました。

「だったら何もこんな女学生を差し向けなくても、その筋《すじ》の人がいるはずでしょう！」

母は考えの古い人ですから、とことん引き下がりません。

私はすかさず横合《よこあ》いから口を挟《はさ》みました。

「芳っちゃん、行きたい！　特攻隊の人たちに台湾のいろんなお話、聞かせてあげたい。ね、行こうよ、三人で」

母を納得《なっとく》させるには、しばらく時間がかかりましたが、「お酌《しゃく》」だけは絶対にしないこと、を条件にようやくお許しを得たのでした。


明くる日私たち三人は、その頃の女学校の制服だった「へちま襟《えり》の上着《うわぎ》にもんぺ（※註8）」という格好《かっこう》で家を出ました。

私が昨日来たばかりの玉砂利敷《たまじゃりじ》きの玄関口を、勝手知ったるという感じですたすた入っていくものですから、何も知らない姉たちは「芳っちゃんって心臓強いのね」と呆《あき》れていました。

さすがに玄関先でちょっと躊躇《ためら》っていると、多分父が電話を入れていてくれたのでしょう、優しそうな綺麗《きれい》なおばさんが出迎えて下さって、すぐに宴会場の畳敷《たたみじ》きの大広間に案内されました。

実はこのおばさん、「お松おばさん」という方なのですが、この方がいなければ後々私は主人と結婚することもなかった……そういう意味で、私にとって人生のカギを握っていた、特別な人だったのです。

「その夜限り」の約束で出向いたはずが、このあともずっと特攻隊の方たちと私を結びつけた、ほんとうに「運命のひと」だったのです。

でも、「おばさん」と思ったのは私が子供だったからで、おそらく三十代後半か四十歳くらいだったのではないでしょうか。

宴会場にはコの字形にテーブルが並べられ、二十人くらいの若者がすでにいいご機嫌《きげん》になって騒いでいます。私は神様みたいな人たちを想像《そうぞう》し、それなりの覚悟で粛々《しずしず》と入っていったのですが、どうもちょっと違う感じなのです。

お座敷の奥の方にもう一人、いかにも年季の入った感じの仲居《なかい》さんがいて、「こっちに入って」と手招きしています。真ん中あたりの席に私たち三人姉妹は並んで座りました。

浴衣掛《ゆかたが》けで胡坐《あぐら》をかいて坐っている隣のお兄さんが、すぐに声をかけてきました。

「君たちの家、この近くなの？」

「はいそうです」

姉ふたりはとても真面目なのでカチンカチンに緊張しています。私は一座を見まわしているうち、この人たちが特攻隊員だとは、とても信じられなくなってきていました。

何故なら、その騒ぎ方や態度は、以前兄たちが友達を連れて来て、家で〝飲み会〟をやっていた時と全然変わらないのですから。

しかも、「君たち、同級生？」などと、とんでもないことを聞かれ、私が驚いて、「まっさかあ！」、姉妹《きょうだい》よ」と言うと、「へぇー、似てないなあ。さてはタネが違ってたりして？」と、周《まわ》りのみんなも一緒になって、ゲラゲラ笑うのです。

目を移すと、私達姉妹の前にもご馳走が並んでいました。それは普段お目にかかれないような、立派なお料理。ほんとうに美味《おい》しく、それに皆さんがとても陽気でいらっしゃるし、私は自分が何しに来たのかケロリと忘れ、すっかりゆるんでしまい、学校のこと、台湾で生まれたことなど、聞かれるままに次々とおしゃべりしていました。そればかりではありません。

「絶対にお酌《しゃく》などしてはいけません」という母のお達しなどどこ吹く風、みんなにビールを注《つ》いで回っていたのです。

　初めビール瓶を両手で持っていたら隣に座っていたお兄さんが、

「片手でこうして注ぐんだよ。両手じゃ色気がないだろ。ビールも注げないようじゃヨメさんにいけないぞ」

　と笑いながら手本を示し、さらにコップは斜めに傾けて受けると、泡をこぼさず上手に注げることも、一緒に教えて下さったのでした。

　座は次第に盛り上がってゆきます。

　そのうち皆さんの中でも、ひときわ陽気なお兄さんが立ち上がって、みんなの手拍子に合わせて踊りだしたのです。

「いろはのいの字はどう書くの？」

　すると皆さんも手拍子をうちながら、声を合わせて、

「さて、どう書くの？　どう書くの？」

　と、囃《はや》したてます。

　するとそのお兄さんが、いきなり浴衣のお尻を端折って、そのお尻の先を筆に見立て、襖《ふすま》

に字を書く真似をしながら、

「こうして　こうして　こう書くの」と歌うのです。

何とも言えない腰つきの、その格好《かっこう》の可笑《おか》しさにみんな爆笑しています。私たちもお腹《なか》を抱えて一緒に笑い転げていたのですが、いきなり私を指差《ゆびさ》して、

「芳子のよの字はどう書くの？」

と、今度は私を踊り手に指名してきたのです。

みんな大笑いしながら、

「さてどう書くの？　どう書くの？」

と、私に詰《つ》め寄ってきます。

（こんな恥かしいことできっこな〜い！）

私はとっさに逃げの態勢を取りました。

が、もともとお茶目で目立ちたがり、しかも生来の強気ですから、（ここでやんなきゃ私じゃない）とばかりに立ちあがり、

「こうしてこうして、こう書くの」

と、母親が見たら卒倒してしまいそうな、あられもない恰好《かっこう》で、梅屋敷の襖に「よ」の字

を書いてしまったのでした。

ところがその夜のそんな私の行動が、先述の「お松さんおばさん」にはとても印象深く残ったらしいのです。その日の帰り際に、なぜか私にだけ「お名指し」があって、「芳っちゃん、好きな時に遊びにきてね。『お松おばさんの所に来ました』って言えば、通してもらえるから」と言われました。

その深いわけを知るのはずっと後《あと》のことになるのですが、私はおばさんの言葉が嬉しくて、二、三日後一人で訪ねて行きました。

お松おばさんはとても喜んで下さって、

「今日は、おいしい茶碗蒸《ちゃわんむ》しができるの。板場《いたば》さんに言って芳ちゃんの分も作ってもらおうね」

そんなことを言いながらみなさんのいるお部屋に連れて行って下さったのです。

ところが私はそのお座敷に一歩足を踏み入れた途端、足のすくむ思いで固まってしまったのでした。

そのお座敷には麻雀卓《まーじゃんたく》や将棋盤《しょうぎばん》が置いてあって、皆さんそれぞれ陣取って勝負を競っていらっしゃるのですが、そこに流れていた、何とも言いようのない、凍りつくような空気に私は一瞬たじろいでしまいました。

あの夜、大広間で見せた、いかにもゆるんだ表情はもはやどこにもなく、怖いくらいに冷たく張りつめた空気がお座敷を包んでいたのです。

人の心は目に現れるといいますが、その時のお一人お一人の寂しさとも哀しみともつかぬその眼差《まなざ》し……そしてその中に漂う研《と》ぎ澄まされた何かは、今も忘れることができません。

それでも私が入っていくと、「おう、台湾産のじゃじゃ馬《うま》娘がきたぞ!」などと言い、みんなしてトランプなどの遊びの仲間に入れて下さるのでした。

その後も私は何度も梅屋敷に足を運ぶのですが、どんなに遊びに打ち興じていても、あの最初の宴会の夜の陽気な雰囲気はもはや探すべくもなかったのです。

※註８：もんぺ＝
もともと北海道や東北地方などの豪雪地帯で広く女子によって着用されていた衣服。第二次世界大戦中に労働用ズボンとして全国的に広められた。袴のような仕立てだが全体が緩やかで足首の部分を絞ってあるのが特徴。

第5章　待機と訓練の日々

本来、私達には、当然「明日」というものがあり、その流れは当たり前に続いていきます。それは平和な時代であれば口にすることもない、ごく平凡な生活の営みであるはずです。

でも、彼らにはそれがない……しかも、その〝明日〟を完全に失う日が「何時」なのか、明日かもしれないし、一月先か……それも分からない。ただ分かっているのは、飛行機＝隼戦闘機が到着次第、即、出撃ということ。その日をじりじりと待ち続けていなければならなかったのです。

当時、飛行機の製作は、そのほとんどが内地の中島製作所で行われていたようですが、その頃には当然資材も不足していましたから、生産が追いつかず、たとえ特攻隊員に指名されていても、乗る飛行機がなかったのです。

凍りつくようだったあの頃の霊気は、死を課せられた者の、「その時」を待つ苦しみそのものだったとしか考えられません。待ち続けてようやく戦闘機が到着した時……それは即ち「自分の死の時」を意味するのでしたから。

あの頃の、お一人一人の悟《さと》りとも諦めともつかぬ静かな表情の後ろに、子供心にも感じられた一抹の哀しさ……。

それでも、トランプや花札が始まると、瞬間ではあってもその表情のはしはしに勝敗にこだわる、ごく普通の若者の無邪気な笑顔が戻ってくるのでした。私はひそかに安堵《あんど》の胸をなでおろし、必要以上にはしゃいで見せたものです。

お松おばさんは常日頃から皆さんの、そんな空気を痛いほどに感じていて、私のことをそうした場面を和らげるにはうってつけのキャラクター、と考えたのかもしれません。

思うに、私がもし、当時十九とか二十歳《はたち》とか、つまりいっぱしの「女」になっていたら、お互いに何となく意識するものが先立って、こうまで天衣無縫《てんいむほう》に振る舞うことはできなかったのではないでしょうか。

かといって十四歳以下では、おそらく話し相手としては子供すぎて物足りなかったでしょうし……お松おばさんはその辺のことも重々お考えの上で、私に声をかけて下さったのに違いありません。

その内、台北も空襲が頻繁《ひんぱん》になってきました。特攻隊員にもしものことがあってはならないというので、全員が梅屋敷を引き払い、台北《タイペイ》の西側のはずれの川端町にある「台電クラブ」という宿舎に移ることになったのです。

川端町というのは、台北市の西寄りに流れている、「新店渓《しんてんけい》」という大きな川のほとりの一角で、市街地に比べるとはるかに寂しい街でした。それからというもの私は勤労奉仕の合間を縫っては、自転車で二、三十分くらいをかけ、まるで日課のようにその「台電クラブ」に出かけていたのです。

「台電クラブ」はもともと台湾電力の社員のための保養所として建てられたものらしく、電力会社だけあって厨房《ちゅうぼう》はもちろんのこと、お風呂まで電気で沸《わ》かしていました。当時「電気風呂」などと聞くと、（感電することないのかしら…）と、無知だった私は本気で心配していたものです。

すぐ目の前に広がる「新店渓《しんてんけい》」は、いつも豊かな水を湛《たた》えてゆったりと流れていました。台湾の川は地質《ちしつ》のせいもあるのでしょうか、あまり透《す》き通ってはいないのです。どちらかというと粘土《ねんど》が溶けたような色合いをしていました。それでも遠くには山もあり、何よりも街《まち》中《なか》と違って静かなとてもいい環境でした。

お松おばさんも、もう一人の「おウノおばさん」も、皆さんのお世話係で梅屋敷の頃よりはるかに忙しくなっていましたが、かえって特攻隊員との仲は密接になっていたようで、みんな「ほんとうのお母さん」のように慕っておいででした。

これは後で知ったことですが、特攻隊の方が内地のご実家にお手紙を出されるとき、「軍部」を通して提出すると、細かな検閲《けんえつ》があり、機密に触れそうな箇所はすべて墨で抹消されてしまうのです。民間の人が直接ポストに落とすことで検閲は逃れられ、ストレートに届くというわけで、小母さんにはもちろん、私もよく郵便物の投函を頼まれていました。

その中にはきっと郷里の親御さんに宛《あ》てた「遺書」もあったのではなかったでしょうか…。

その頃、ほとんど毎日のように午後から夕刻にかけて、台北近郊の松山飛行場で極秘《ごくひ》の特攻訓練が行われていました。宿舎の玄関前に軍のトラックが迎えに来て、その荷台に数人がサッと乗り込むのです。私も家に帰る途中の町はずれまで、よく便乗させてもらいました。飛行場への分かれ道に来ると私の乗ってきた自転車ごと、そこで降ろしてもらい、トラックが見えなくなるまで手を振って見送っていました。

訓練は夕刻時の攻撃法を中心に行われていたようで、それも数少ない訓練機を使っての厳しい練習だったといいます。

雨天で訓練のできない日は、以前の梅屋敷の頃と同様、宿舎だったその「台電クラブ」のお座敷で碁を打ったり、麻雀卓を囲んでパイを並べたり……そういう時には、みんな宿の備え付けの浴衣《ゆかた》を着て、見た目にはごく普通の若者たちの団欒といった感じにしか見えませんでした。

しかし私はそうした中にあっても、常になにか神々しいオーラのようなものを折に触れては感じ取っていました。いずれは私の目の前から消えていく人たち、互いにそれと分かっていながらそれを表面に出さないまま、過す時間。今にして思えばそれはなんという非情な時の流れだったことでしょう。

今でも私はその頃のことを振り返るたびに、当時彼らの中に垣間見えていた、「死」と向き合った人間の苦悩と、自らそれに抗するような崇高な霊気のようなものを思い出さずにはいられないのです。

その頃の、忘れられないシーンがあります。

中に学徒出陣で、学業半ばにして戦争に加わった将校さんたちがいて、その方たち四人がよくマージャンをなさっていたのですが、パイを動かしながら、傍《かたわ》らにペタンと坐って飽《あ》きもせず覗きこんでいる私に向かって、いろいろなお話を聞かせて下さるのでした。

ある時、

「芳っちゃん、ミレーっていう画家知っているかい？」

と、訊ねてきました。

「『落ち穂拾い』とか『晩鐘《ばんしょう》』とか描いた人だよ。今は有名になって世界中の人に知られているけど、死ぬまで彼は絵が売れなくて貧乏だったんだ」

ふーんと思いながら聞いていると、また勝負の方に目が行ってしばらく話は途切れるのです。

そんな時、私は待ちきれなくなって、

「ねえ、それでどうしたの？」

と、さかんにせっつくのでした。

「うるさいギナだなあ…ここが勝敗の分かれ道なんだぞ！」

などと言っては真剣な眼差《まなざ》しでパイの列を睨んでいます。「ギナ」というのは台湾語で「小さい子供」のことですが、どちらかといえば「ガキンチョ」くらいの意味でしょうか。覚えたてのそんな言葉で私をあしらいながらも、勝負の山場を越えると、静かな口調で言いました。

「ミレーは死んでしまってからようやく認められ、世界中の人にあの優しい絵が知られるようになったんだよ。人間はたとえ生きているうちには報《むく》われなくても、その仕事が立派であれば後々の世にまでも伝えられていくものなんだ」

その時はただ、(へえ〜そうなんだ)と思い、漠然《ばくぜん》とあの「アンジェラスの鐘」の優しい、温かな絵を思い出していただけだったのですが、今にして思えばご自分の死を目の前にして、亡きあともその武勲《ぶくん》が語り継がれることを願い、自らを鼓舞《こぶ》しておっしゃっていたのではないのか……と、そう思わずにはいられないのです。

その後、台電クラブには後続の隊員たちも合流し、いっそう賑やかになっていきました。お松おばさんたちもますます忙しくなり、私もたまにお手伝いの真似《まね》ごとをするようになっていました。

その頃、私の母は空襲を避《さ》けて、小さい弟や妹を連れ郊外の小高い山の中腹にあるバラック建ての家で疎開《そかい》生活を始めていましたから、私はいたって自由に振る舞っていられたのです。そうでなければ、そんなにいつも出歩いてばかりはとてもいられなかったはずでした。

お松おばさんは、「芳ちゃん、お母さんいなくて寂しいでしょ、おばさんがお母さんの代わりしてあげるからね」、そう言っては相変わらず美味《おい》しいものを隊員の方の分と一緒に、板前さんに頼んで下さるのです。そのうち、「今夜はもう遅いから泊っていきなさい」という日まであって、おばさんの小さな部屋に二人で寝たりしました。

でもその夜、たまたま空襲警報が鳴り、みなさん一斉《いっせい》に飛び起きた様子でしたが私は朦朧《もうろう》としていて、なんだか起きるのが億劫《おっくう》だったのです。するとお松おばさんも、「いいよね、爆弾落ちた時は落ちた時で…寝てましょ」、そう言って二人ともそのまま眠ってしまったのでした。

お松おばさんが私の物おじしない、天衣無縫なキャラクター性をいち早く見抜き、張りつめた特攻隊員たちの神経をほんの少しでも解きほぐす糸口になれば……、との思いから呼んで下さっていたのだとしても、何故こんなにも私のことを可愛がって下さったものか……よほど相性《あいしょう》がよかったのでしょうか。それにしても、おばさんの存在が無かったら、私は到底《とうてい》特攻隊のみなさんとの交流もここまで深まることはなかったと思うのです。

おばさんは彫《ほ》りの深い、エキゾチックな顔立ちの人でした。若い頃はさぞかし美しかったのだろうと、私は子供心にも見とれていたものです。着物姿もとても艶《あで》やかでした。そういえば私はお松おばさんが洋服を着たところはただの一度も見たことがありませんでした。どんなに忙しい日もきちんと着物を着け、その上から穿《は》いたもんぺの紐《ひも》をきりりと締めて、いつもシャキっとしているのです。背丈《せたけ》もそのころの女の人には珍しいほどすらりとしていて、私はなによりもその声の優しさが好きでした。

私が子供だったせいもあるのでしょうが、おばさんは終《しま》いまでついに何ひとつ身の上話もしませんでした。

が、ずっとその宿舎に寝泊《ねと》まりし、お休みの日もなく働いていたところをみると、近くにはご家族はいらっしゃらなかったのではないかと思います。

逆にこの私はなんせ十人兄妹、下にも何人も幼い弟妹がいたので、母親を独占することなど到底《とうてい》できなかったのです。ですからお松おばさんに甘えられることが心底嬉しく、今思えば一生のうちでも最も満ち足りていた、けれど本当に束の間の「夢のひととき」でした。

そんなある日、台電クラブの大広間で、演芸会が催《もよお》されることになりました。

当時はよく小さな劇団の人たちが「軍事慰問団」と称して兵隊さんたちにお芝居を見せて回っていたのです。その日は新しく配属《はいぞく》されて台電クラブに着いたばかりの特攻隊員の方数人も混じっての賑やかな催しとなりました。

姉二人もその演芸会に呼ばれ、久々に三姉妹揃ってのお芝居見物でした。

私にとってその日の演芸会は、ふたつの運命的な出会いをもたらした、重大な意味を持った催しだったのです。

私はその日の出し物が『月形半平太《はんぺいた》』だったことまで、六十五年経った今でもはっきりと覚えています。

なぜなら、なんと！　そのお芝居を一緒に見た新入の隊員の一人と、わずか八年後に結婚することになるのですから。

でもその頃は、いいえ、それから先も私達はずっとお互いにそうした気持ちは露《つゆ》ほども持ち合わせていなかったのです。ただ、向こうは（とんでもないハネッ返りな娘がいたもんだ！）と、呆《あき》れて見ていたらしいのですが。

ところで、その日の『月形半平太』なのですが、なんだか幼稚なお芝居で、長い時間見ているのはちょっとシンドい退屈《たいくつ》な催しものでした。でも私たち姉妹はお座敷《ざしき》の前の方に陣取《じんど》って坐っていましたから、途中から席を立つわけにもいかず、シビれる足をモゾモゾしながらじっと我慢していたのです。

その時です。何か後ろから、コロコロと転《ころ》がってきて、ストンと私のお尻にあたりました。ビックリして振り向くと、後ろにいる二人の隊員が顔を見合わせクスクス笑いながらこっちを見ています。転がってきたのは大きなお蜜柑《みかん》でした。

「やあねえ！」

私は口を尖らせて二人を睨《にら》みました。

投げたのは、のちに夫となった中田の親友だった塚田さんという方でした。

私達三姉妹が前に坐っていながら、ちっとも振り返って見ようともしないので、おちゃめな塚田さんが蜜柑で攻勢をかけてきた、というワケなのです。

塚田さんと中田とは同じ航空機乗員養成所を出、ふたりとも神奈川県出身だったこともあって無二の親友となり、ビルマや南方戦線を共に戦ってきていました。

でもその後、塚田さんだけが先に特攻出撃し、残された夫は、「すぐ俺も往くからな！」と約束したにもかかわらず間もなく終戦を迎えて、一人生き残ってしまうのです。

当時、上の姉は十九歳、彼らのほんとうのターゲットはきっと姉だったのでしょう。でもそのミカンがキッカケで初対面の隊員の方たちともすぐに打ち解け、演芸会が終わった後もお座敷は弾《はじ》けるような笑い声に包まれていました。

第6章　出会い

そんな時だったのです。「高田豊志伍長《たかだとよしごちょう》」と初めて顔を合わせたのは……。

それまでお座敷の片隅でお芝居を見ていたらしい彼が、いつの間にか賑やかな輪の中に入っていたことに私は少しも気付いていませんでした。

初めて会った瞬間の高田さんの鋭い眼光《がんこう》は今でも忘れられません。それまで宿舎のお座敷で隊員の皆さんに囲《かこ》まれてはしゃぎまくっていた私に、何も言わず近づいてくると、まるで危険な動物でも見るような険《けわ》しい目付《めつ》きで私をじっと見据《みす》えているのです。

他の方に比べ、年若いことはすぐに見てとれました。何だか虚勢《きょせい》を張っている感じがして、私はちょっと可笑《おか》しくなってしまいました。何故なら、周りの皆さんが将校《しょうこう》さんだったり曹《そう》長《ちょう》とかなのに、高田さんはその中でいちばん低い位の伍長さんでしたから。

それに何よりも印象的だったのは、その射るような眼《め》つきとはうらはらに、ホッペがほんのりと林檎《りんご》みたいに赤くて可愛らしいのです。背もそれほど高くなくてまだ少年といった感じでした。

（きっとこの人、雪国《ゆきぐに》育ちなんだわ……）、そう思うとなんだか微笑《ほほえ》ましい気分になり、心がゆるんだのを覚えています。

わずか十九歳でこの世を去った彼ですが、当時十四歳の女学生だった私にとっては、もう八十歳にもなろうというのに未だに忘れ難い大切な人なのです。

だからといって当時、彼のことを好きだったのかと聞かれると、ちょっと戸惑ってしまうのですが……。

なぜなら、私はまだ十四歳、それもまるきり男の子のような女学生でしたから、人を好きになるなどという感情の芽生えにはほど遠く、第一そういうことを考えること自体が気恥《きはずか》しかった、そんな年頃だったのです。

その時は、みんなでその頃流行《はや》りの流行歌、今で言えば歌謡曲を歌っている最中《さいちゅう》でした。台湾で大ヒットしていた『サヨンの鐘』という、台湾の原住民《げんじゅうみん》の娘の悲恋《ひれん》を歌った歌を、私が教えてあげていたのです。七〜八人が車座に坐って、それぞれ、声を張り上げて歌っていました。

嵐吹き巻く　嶺ふもと
流れ危うき　丸木橋
渡るは誰ぞ　麗し乙女
赤き唇　ああサヨン
『サヨンの鐘』

私はその「赤き唇」というところがどうも気に入らなかったのです。大人《おとな》の女の色気を想像して不潔《ふけつ》な感じがしたからです。

「〝赤き唇《くちびる》〟ってイヤあね…、赤いのは口紅塗《ぬ》ってるからでしょ。キモチ悪ーい！」

そう言った時です、いきなり横合いから
「女はみんな唇が赤いんだ。おまえは男だから赤くないんだろ」

半分軽蔑《けいべつ》したようなせせら笑いを浮かべながら割り込《こ》んできた人、それが高田さんだったのです。

私はむっとして睨《にら》み返しながら反論した覚えがありますが、どんなことを言ったかは思い出せません。けれど、それがきっかけで、それからというもの私たちはなぜか「気になる喧《けん》嘩《か》友だち」になったのでした。その日、四月の初めから五月十三日まで、一カ月半足らずの間でしたが、たくさんの思い出、生涯忘れ去ることのできない悲しい思い出を遺して、高田さんは沖縄に向けて出撃していったのです。わずか十九歳という若さで……。

初めはあれほど憎まれ口を叩《たた》き、お互い何かにつけてぶつかり合っていた高田さんなのに、その後どういうきっかけからか、我が家にも頻繁《ひんぱん》に遊びに来るようになっていました。でも家にいらしても、大抵は父と差し向かいでえんえんと酒盛《さかも》りなのです。

父は三人の息子を戦場に送り出していましたから、高田さんを通して戦地の息子たちを偲《しの》んでいたのかもしれません。それにお酒の相手も欲しかったのでしょう。取っておきのウイスキーなど、高田さんには惜しげもなく勧めていました。

その頃は空襲に備えて、明かりは一切禁じられていたので、電灯を黒い布で覆った薄暗い食卓に向かい合い、手許だけがぼうっと明るい、そんな中での侘びしい晩酌《ばんしゃく》でした。父も相当お酒はいける方でしたが、高田さんの酒豪《しゅごう》ぶりは見事なもので、しかも全然取り乱したりすることもなく、相変わらずエラそうに演説をぶち、父と互角《ごかく》に渡《わた》り合っているのです。考えてみれば宿舎では周りがほとんど上官ばかり、きっと四六時中気が張りつめて、何かと疲れる場面もあったのではないでしょうか。

台電クラブは私が自転車で三十分近い距離でしたから、行き帰りも大変だったのではないかと思うのです。でも、彼にとって我が家は結構楽しく、何よりも言いたいことを言って威《い》張《ば》っていられるストレス解消の唯一《ゆいいつ》の場、だったのかもしれません。

一度夜更《よふ》けに帰るのに、少し離れた踏切まで送って行ったことがありました。月が煌々《こうこう》と光る台北の市街地を黙って歩いていると、突然、

「芳っちゃん、もし内地に帰るようなことがあったら俺のマフラーと寄せ書きのハンカチを田舎のおふくろに届けてくれないか」

と言うのです。それは有無《うむ》を言わせない、どちらかというと命令調《めいれいちょう》にも聞こえるような言い方でした。

実を言うと私は、他の特攻隊員の皆さんには時折り感じていた、死と向き合った者の霊気《れいき》のようなものを、高田さんにだけは何故か一度も感じたことがなかったのです。

会えばたちまち口喧嘩が始まる、そんな二人でしたから、あまりにも人間臭《くさ》くって、（ど

んなことがあっても、この人だけは絶対に死ぬものか……死ぬはずがない！）、そう思っていました。

いつも人を食った自信満々の偉そうな態度で、しかも若いくせにヘンに落ち着きはらっていましたから、そこには逞《たくま》しい生命力しか感じられなかったのです。

（最後の最後までこの人は生き残るに違いない！　日本中の兵隊さんが全滅しても高田さんだけは図々《ずうずう》しく生き残ってるに決まってる！）

それはもしかしたら私が無意識のうちに自分自身に言って聞かせていたことだったのかもしれません。でもそんな確信めいたものが、その時は確かにあったのです。ですから「遺品を届けてほしい」という意味の言葉を突然投げかけられた時にも、ただ「うん、いいよ」と軽く肯《うなず》いただけ……そんな私でした。

その夜は近くの踏切まで送るつもりが、もう少し足を延ばしてしまい、結局心配した高田さんは、また我が家の近くまで引き返して下さって、それから一人で月明かりの中を帰って行きました。

高田さんを思い出すとき、私は彼についてのいくつかの謎、どうしても解けない謎にぶつかってしまうのです。そのひとつが、なぜ、こんな私にマフラーや寄せ書きなどの遺品を託したのだろう？　ということです。

もう大人だった姉たちもいましたし、普通でしたらこんな頼りない、十四歳の少女になぞ預けず、どちらかの姉に頼んだと思うのです。


約束の品は、次の日、私の家まで持って来ました。その中には、高田さんの家族の写真も入っていました。軍服を着た高田さんを囲んで御両親と、かわいい弟さん。

後に知ったことですが、それは高田さんが特攻隊員に決まってから、ご両親が熊谷飛行場の駐屯地《ちゅうとんち》に面会に行き、もう逢《あ》うこともあるまいと、最期《さいご》の思い出に、街の写真屋さんで撮ってもらった貴重な家族写真だったのだそうです。

それらの遺品を預かったその時にさえ、私は高田さんが死ぬ、ということはまったく考えられなかったのです。

ましてや何十年かの後、その遺品を持って富山のご実家を訪ね、高田さんのお墓参りをすることになるなどとは夢にも思っていませんでした。


高田さんとはほんとうに短い間でしたが、何故か六十五年も経つというのに、彼の何気な

高田豊志伍長が家族と一緒に
撮った最期の写真

中田の親友である、特攻隊
で亡くなった塚田方也軍曹

い仕種《しぐさ》、普段のゆっくりした感じの低音の話し声、口癖《くちぐせ》だった「やたら（矢鱈）……」というちょっとしたフレーズさえもが懐かしく思い出されてならないのです。何かにつけて、「お前はやっ・・・たら行儀の悪い娘だなあ」などと、呆れたように言うのでした。いったい私たちはどんな縁《えにし》を持って生まれてきたのでしょう。

八十歳になっても忘れられない人……いいえ、むしろ齢《よわい》を重ねるごとに、何か背中を押されるようなこの不思議な感覚。

よく「背後霊」などということを耳にしますが、私にとってはそれ以上の目に見えない力、無限《むげん》の彼方から発する彼のエネルギーが、常に何かを私に示唆し続けてきたように思えてならないのです。

私が生き残った特攻隊員の一人、「中田輝雄《なかだてるお》」と結婚することになった経緯《いきさつ》も、今考えると彼が宇宙から送った啓示《けいじ》の一端だった、とさえ思えてきます。

もっとも強烈にそれを感じたのは、十年前、夫が他界したその時でした。なんと高田さんが出撃したのと同じ五月十三日。しかも離陸発進なさった時刻とほぼ同じ午後五時過ぎ。これは単なる偶然《ぐうぜん》の一致、なのでしょうか。

初めて出会った日、クラブの大広間で私のことを険しい目つきでじっと見すえていたのは、並居《なみい》る将校さんたちにも何等《なんら》ものおじすることなく天衣無縫《てんいむほう》に振る舞う女学生の私を、「この娘なら、いつかきっと故郷の富山を訪ね、家族に遺品を届けてくれるに違いない」と、確信していたのかもしれません。

それにしても優しい言葉ひとつかけてくれるでもなく、ぶっきらぼうな物言いで、なにかにつけてお説教めいたことばかり言っていた彼なのに、なぜか私はいつも後をくっついて回ってばかりいました。お説教されても少しも嫌《いや》でなく、それに反発することでかえって親しさが深まる感じなのでした。やはり人を惹きつける何かがあったに違いありません。

彼は彼で、自分の言葉にいちいち口答《くちごた》えしてくる男の子みたいな女学生、恐らく彼の郷里には存在もしないであろう海外育ちの自由奔放《じゆうほんぽう》な娘。そんな私が珍しくもあり、唯一《ゆいいつ》心を赦《ゆる》せる存在だったのかもしれません。だからこそ、大事な遺品を預けて下さるお気持ちにもなったのだろうと思うのです。

第7章　束の間の青春

短い期間《あいだ》でしたが、それでもたくさんの思い出を遺《のこ》して逝《ゆ》かれた高田さんでした。

宿舎の台電クラブの前を流れる新店渓《しんてんけい》で、二人はよくボート漕《こ》ぎをしました。そこはもともと貸しボート場だったのですが戦時中のこと、さすがにボートに乗る人など誰もなく、繋《つな》ぎっぱなしの古いボートが所在《しょざい》なげに幾つか浮かんでいるだけ。その一帯はいつもしいんと静まり返っていて、どこに戦争があるのかと思えるほど、のどかな風景が広がっていました。遠く広がる山並みを一望《いちぼう》しながら河の中ほどまで漕ぎ出すと、高田さんはやおらオールの手を休め、連《つら》なる山々をいつまでも黙って見つめているのです。

そこに懐《なつ》かしい故郷《こきょう》の風景を重ね合《あわ》せ、二度と会うことはない家族のことを思い浮かべていたのではないでしょうか。異郷《いきょう》の地にあって、しかも間もなくこの世を去らねばならない身、どんな葛藤《かっとう》がこの時、わずか十九歳の若者の胸のうちにあったものか……。

でもその頃の私には高田さんがいなくなるとは、どうしても考えられず、生来《せいらい》のはねっか・・・・・えりをまる出しにしては、言いたい放題、勝手気《かって》ままに振舞《ふるま》っていたのです。

それは高田さんも同じようなものでした。他の特攻隊員の方たちが宿舎の台電クラブのお座敷で静かに囲碁《いご》やマージャンで余暇《とき》を過ごしている時でも、あまりその輪の中に入っていこうとはせず、自由に振る舞うことが多かったのです。やはり私達はもともと型にはまりたくない「似た者同志《どうし》」だったのかもしれません。

ボート乗り場での、忘れられない一場面があります。

ある日のこと、いつものように私が先にボートに乗り込み、高田さんは杭《くい》に繋《つな》がれたロープを解《と》き、舟を押し出しながら器用に飛び乗ってきて、すぐさまオールを動かし始めました。

その日はどんよりと曇っていて、今にも雨が降り出しそうな空模様《そらもよう》でしたが高田さんはかまわずぐんぐんスピードを上げて漕ぎ続け、川の中ほどまで来るとオールを落として舟を止め、いつもと変わらぬ態《てい》で、黙《だま》ってじっと山並みを見つめているのです。

どれくらい経ったでしょうか。ボートの舳先《へさき》に、向き合って座っていた私は、高田さんが視線《しせん》をこちらに戻した瞬間、今までにない険《けわ》しい表情を浮かべているのをそこに見たのでした。険しいというより、悲痛な…というべきだったでしょうか。もともと眼力《めぢから》は強烈な人でしたが、何か大声で叫びたいのをじっと堪《こら》えているふうに読み取れたのです。

この時、初めて、それもその時たった一度だけ、私は（この人もいずれは死んでゆく人なんだ）という思いが、ふっと過《よぎ》ったのを今でも覚えています。

そこにはいつものような、冗談や揶揄《やゆ》の飛び交う雰囲気《ふんいき》はまったくなく、胸の中の大きな塊《かたまり》を吐き出したい！　そんな切羽詰《せっぱつま》った形相《ぎょうそう》で、私のことをじっと睨《にら》み据《す》えているのです。

今にして思えば、あの時高田さんは、

「芳《よ》っちゃん、俺、死にたくないよ！」と、大声で叫びたかったのではないでしょうか。

「僕にも青春がほしかった！」とも。

あの時、私がもう少し大人だったら、高田さんの気持ちを察してあげて、「私には、ホントのこと言っていいのよ。ここなら誰にも聞こえやしないもの」と、優しく言って一緒に泣いてあげられたのに……と、今になって切ない後悔の念でいっぱいになるのです。

でもしばらくすると高田さんは自分自身を振りきるかのようにオールを握《にぎ》ると、再び猛烈《もうれつ》な勢いで漕ぎ始めました。険しかった表情はしだいに薄れ、またいつもの自信たっぷりな兄《あに》貴《き》ふうの顔に戻っていたのです。

話は飛びますが、私は高田さんから預かった遺品を、のちに富山のご実家に届けに行くことになるのですが、それはなんと戦後四十六年も経《た》ってのことでした。目まぐるしく移ろいを重ねた歳月、私はすでに孫までいるおばあちゃんになっていたのです。

その時、ご遺族の弟さんが見せて下さったのが、遺品として唯一《ゆいいつ》残されていた「歌集《うたにっき》」と書かれた大学ノートでした。終戦の翌《あ》くる年届いた遺骨の箱に、ただそれだけが入っていたそうです。

ノートには昭和十八年三月から亡くなるまでの三年間に書かれた短歌がびっしりと書き残されていました。

冒頭に

「一日一首とし、これを修養《しゅうよう》の資とす、之《これ》を以て遺集とす」とあり、三年間、激戦地を転々としていた間も、ただの一日たりとも欠かすことなく歌作りに取り組んだ跡《あと》がしっかりとした筆致《ひっち》で遺されていました。

その数七百八十三首、どの歌も家族を思い、国のために散ることを誇らしく詠《うた》った潔《いさぎよ》い歌ばかりでした。

事しあらば火にも水にも入らむとぞ思う皇御国《すめらみくに》の空の御楯《みたて》は

国の為花と散るこそ楽しけれ男と生まれしこの身なりせば

さだめなきうき世の習とはいえど今日の命は明日の露なり

大君の辺《へ》にこそ死なめますらおの純き血潮で八洲《やしま》まもらむ

青海原越えて遙けきフィリピンに征きてひろめむ敷島の道

母思い妹しのび夕空を仰げば淋し十六夜《いざよい》の月

あはれにも雀巣つくる白壁の弾丸《たま》跡しるき激戦のあと

郷里《ふるさと》は五月の雨に今日もかも早苗とるらむわが父母は

しとしとと夢のごと降る春雨に今年ばかりの蛙きくかな

いづこにて散るも国憶《おも》ふ真心は変りぞなけれ励めつとめに

たそがれに灯《あかり》しばたき蛙鳴くふるさと恋し小山田の里

常夏の地なれど淋し冷ややかに糸の如くに雨降りやまず

幼きも老いしも手に手に武器とりて護らむ神のしきしまの国

嵐吹くやよひの空は見ずとてもせめて残さむ桜《はな》のかをりを

朝鮮を皮切りに、南方各地を命令ひとつで移動していた間、一日たりとも筆を止めることのなかった歌日記。死を目前にしながら、彼がどのように生きたか、それがじかに伝わってくるような、そんな歌集でした。

私は高田さんのご実家でそのノートを見せられたとき、胸の高鳴りをどうにも抑《おさ》えようがなかったのです。

（私とのことは、どんな風に詠《よ》んで下さっているのだろう！）

初めて出会ったのが昭和二十年（一九四五年）四月の初め頃、出撃なさったのは五月十三日。でも、ドキドキしながら祈るような思いでページを追いました。

ノートの最後の「昭和二十年四月」と書かれたページを捲《めく》って、私は唖然《あぜん》としてしまいました。そこでふっつりと筆の跡はとぎれているのです。

ということは、それまでどんな状況にあっても自らに課していたそのストイックといってもいいほどの歌作りを、台電クラブで私と出会ったあの時点から、彼は一切放棄していたことになります。私はすっかり混乱してしまいました。なにかミステリーめいたものを感じたほどでした。

いったい彼の中にどんな変化があったというのでしょう。

もっとも不思議に思えたのは、あれほど、暇さえあれば行動を共にしていたはずの私なのに、当時彼が机に向かっていた姿はおろか、何かものを書き記していた場面など、「寄せ書き」以外はただの一度も見たことがなかったこと。

ですから彼がこんなにも素晴らしい歌人であったことを知る由もなかったのです。

あのボート場で見せた苦悩の表情は、もしかしたら、三年間も滞《とどこお》ることなく書き続けた「歌日記」を放棄《ほうき》してしまったことへの慙愧《ざんき》の念だったのでしょうか？　それまで戦場という極《きょく》限状態《げんじょうたい》のさなかにあってもずっと書き続けてきた歌作りを止め、暢気《のんき》に女の子とボート遊びをしている、そんな自分を自《みずか》ら責めてでもいたのでしょうか？

いえ、私にはどうしてもそうは思えないのです。

今まで長い間、軍隊というワクの中にいて、死と隣り合わせの戦場体験を重ね、戦争のこと以外頭《あたま》になかったその彼が、ある日突然、「ごく普通の生活」の時間が流れている台湾に辿《たど》り着き、今までとはあまりに違いすぎる現実を見てしまった。その上、見たこともない天《てん》衣無縫《いむほう》なお転婆《てんば》娘に出会って、その瞬間魔法がとけるように「人間本来のゆるやかな魂」に戻ってしまった……。

今まで一途《いちず》に駆け続けてきた長い歳月が蘇《よみがえ》り、「もういい。自分はもはや成すべきことは充分に成《な》し終えた。このへんで、今まで縛り続けてきた鎖を解き放とう」、そう思い始めたのではないでしょうか。

そして、さらに一歩進めて無謀《むぼう》な深読《ふかよ》みをするならば、「生きていたい！」という願望、今までずっと押し殺し、封じ続けてきた「生への欲求」が、突然芽吹いてきていたのではないかと。

……そんな解釈をするのは亡くなった高田さんに対してあまりにも礼を失した、不遜《ふそん》な考えというものでしょうか。

その後、高田さんの歌集は戦後三十年あまりを経た昭和五十一年、東條英機大将（※註7）夫人のお目にとまり、甚《いた》く感動されて次のような一文を頂いたようです。

かねて平泉先生の月刊誌『日本』を拝読して種々の御教えを頂いておりますが其二月号に『若鷲の賦』と云ふ立派な若人（飛行士）の和歌の遺詠が澤山のって居りました。其人が昔の太美村、現在の福光町の高田豊次郎氏の御長男であり、愈々戦死された時は二十歳の誕生日より二十日も前だったに拘らず見事な昔の武士の歌に少しも劣らぬ程の美事さで、生地の風情に幼児よりの庭訓、入隊后の飛行学校の教育等々の成果なるべしと余りに立派なので釜田先生へのお便りにお逢いの節は宜しくとお願いしておきましたら早速お逢い下さって豊志君父君よりお手紙が参りました＝後略＝

東條かつ子

七百首余にも及ぶその歌の数々。そんな雰囲気をおくびにも出さず、命の最後の灯が燃えつきる間際《まぎわ》まで、こんな私と無邪気に遊んで下さっていた日々。それにしてもその欠片《かけら》さえ嗅ぎとることのできなかった幼稚な自分を今思い返し、しょせん子供だったのだなあと悔やまれてならないのです。

ほんとうに束の間ではありましたが、青春の片鱗を思わせるような楽しい日々でした。それは高田さんの短い命の最後を照らす残照だったかのようにキラキラ輝いて、今でもはっきりと思い出されるのです。

あるとき、電話が鳴って、「映画見に行こうよ」と言います。

その時代は校則が厳しく、父兄同伴《ふけいどうはん》でなければ映画館には入れません。まして男の人と二人っきりでなど、見つかったら即《そく》、職員会議にかけられて謹慎処分などと大変なことになってしまいます。でも、私はやっぱり行きたくて、「うん、いいよ」と気軽に答えていました。見つかったら、「これは兄です」ってゴマカしちゃえばいいと考えていたのです。

信じられないようなお話ですが、戦争のさ中《なか》、警戒警報発令中でもその間、映画は続けて上映されていました。さすがに空襲警報が鳴ると即刻中止でしたけれども。ただし外国の映画は「敵国もの」というわけで、どこの映画館でもご法度《はっと》。その日見たのが『山まつり梵天《ぼんてん》唄《うた》』とかいう、ドタバタ娯楽映画《ごらくえいが》で私にはちっとも面白くなく、しかも戦時下だというのに超満員なのです。

まして途中からの入場でしたから、当然立ち見です。

でも彼はひとつだけ座席を見つけてくれて「芳っちゃん、座れよ」と言い、しばらく二人は離れたままで見ていました。

けれど、やっぱり高田さんも面白くなかったのでしょう、終り近くなって「出ようよ」と、声をかけてきました。

　預けていた自転車を引っ張ってきて高田さんに渡し、いつものように後ろの荷台《にだい》に跨《また》ろうとしたその時です。

　ごっ、い、いつつい憲兵《けんぺい》がツカツカと寄ってきて、自転車の片方のハンドルをガバッと掴《つか》むなり大声で怒鳴《どな》り始めたのです。

「貴様《きさま》、軍人のくせにこの非常時《ひじょうじ》に女連《おんなづ》れで、何をやっとるんだ！」

（どうしよう！　捕《つか》まっちゃったぁ！）、私は真っ青になってしまいました。

　相手は将校の憲兵！　多分中尉くらいだったと思います。こっちははるか下の階級の伍長《ごちょう》殿《どの》、しかも高田さんはどちらかというと華奢《きゃしゃ》な小兵《こひょう》。どう見ても勝ち目はありません。

（ああ、面倒なことになっちゃった！　女学校に通報されたらどうしよう……）

　ところが高田さんの態度は実に毅然《きぜん》としていて、しっかと胸を張り、

「自分は陸軍第八飛行師団《しだん》に所属している特攻隊の隊員で、現在待機中の身分の者です。これは自分が世話になっている家の娘さんで、これから自宅まで送って行くところです」

　と説明していました。

　でも、そんなことでは憲兵は見逃《みのが》してはくれません。

さらに何だかだと突っついてきます。

高田さんはそれにひとつひとつ冷静に応答していたのですが、追いうちをかけるように頭の上を怒号《どごう》が飛ぶのです。

周りにはちょうど先ほどの映画が終わりゾロゾロ出てきたお客が人垣《ひとがき》を作り、「おっ！何だか面白そうになってきたぞ」とばかり、自転車を中にした三人を取り囲んできます。野次馬根性《やじうまこんじょう》まる出し、みんな興味津々《しんしん》で騒ぎの成り行きを楽しんでいる感じでした。

ところが憲兵がさらに続けてがなり立てているというのに、それにひとつひとつ答えながら、なぜか高田さんは上目《うわめ》づかいに空を振り仰ぎ、目を細めて、雲ひとつない夕空をチラ、チラと見るのです。

その態度《たいど》がまた憲兵の怒《いか》りを買い、頂点に達したかに見えたその時です。

「敵機だっ！」

後方の空の一点を指差《ゆびさ》しながら、高田さんが叫びました。爆音ははるか彼方、でも豆粒《まめつぶ》ほどの機体がかすかに見えていたのです。

耳のいい高田さんは憲兵に怒鳴られながらも、確実にその爆音、日本の飛行機ではないその音をいち早くキャッチしていたのでした。

でも憲兵は瞬間キョトンとした表情で空を見上げ、「ウソつけ！」と言んばかりの疑《うたが》わしげな目で再び高田さんを睨《にら》みつけています。

その時、いきなり空襲警報のサイレンが街中に鳴り響き始めました。不気味な、短い間隔での繰り返しのサイレンです。驚いたのは当の憲兵さん。顔色を変え、取り巻く野次馬《やじうま》に向かって、「空襲だ！　退避《たいひ》！」と叫び始めました。憲兵に言われるまでもなく群衆は大騒ぎ、蜘蛛《くも》の子を散らすようにその場を離れて逃げて行きます。

そのドサクサの最中《さいちゅう》でした。さっと自転車に跨《また》がりながら高田さんが私の耳元で囁《ささや》いたのです。

「今だ！　芳っちゃん乗れよ」

私はいつもの伝でひょいと後ろの荷台《にだい》に飛び乗り、高田さんがどんなにスピードを上げても落っこちないように、しっかと高田さんの背中から腕を回してしがみ付きました。目を開けているのが怖《こわ》いくらいの猛烈なスピードで高田さんはペダルを漕《こ》ぎ、ハアハア息を弾《はず》ませながら、空襲警報下の街中を二人乗りで逃げ続けたのです。

何だかすごくスリルがあって、二人ともおなかの捩《よじ》れるほど大笑いしながら……。

私が憲兵の口マネをして、「貴様、この非常時に、何やっとるか！」と叫ぶと、高田さんも同じように憲兵がくどくど繰り返していた尋問《じんもん》を真似て、「上官に向かってその口のきき方はなんじゃ！」などと、若干《じゃっかん》田舎《いなか》訛《なま》りのあったところまでそっくり口真似《くちまね》しては笑わせるのでした。

黄昏《たそがれ》迫る台北の街、空襲警報下の椰子《やし》の並木路《じ》にはほとんど人影もなく、かえっていつもより静まりかえっていました。台湾独特《どくとく》の紫《むらさき》がかったワインカラーの夕焼け空の下を私達はビュンビュン飛ばし続け、おっかない憲兵の手から無事に逃げおおせたのでした。その日の映画のつまらなさを取り返して余りある、そんな出来事だったのです。

あの時、自転車に二人乗りしてごきげんで走りながら、二人の間に間もなく哀しい別れの刻《とき》がやってくるなど、どうして想像できたでしょう。

高田さんとの最後の日が間近に迫っていたなんて……。

五月に入って街路樹《がいろじゅ》の緑《みどり》が深みを増し始め、台北でも最も美しい季節に入った頃でした。その日もいつものように自転車を飛ばし、私は台電クラブへと急ぎました。普段より少し遅い時間でした。

クラブに着いてすぐ、高田さんの部屋を覗《のぞ》いたのですが、珍しく不在なのです。

お松おばさんに、「高田さんは？」と訊《たず》ねると、笑いながら、「お客さんよ。銀行のお姉さんたちが三人も高田さんのところへ遊びに来てるの。高田さん、男前《おとこまえ》だからもてるのよね」と言います。

（何よ、それ！）、口にこそ出しませんでしたが、口惜《くや》しさを通り越して哀しくなっていました。

おばさんはそんな私の気持ちには気付かないふうで、続けて言います。

「芳っちゃん、今日は階下《した》の部屋で中田さんや塚田さんと遊んだら。さっきトランプやってたから、仲間に入れてもらいなさいよ」

私は黙って二階のお座敷に向かいました。今までお客さんは大抵《たいてい》そこに来ていたのを思い出したからです。

階段の途中まで来ると、女の人のかん高い笑い声が耳に入りました。

そっと覗《のぞ》くと、お化粧をした綺麗なＯＬのお姉さんたち三人に囲《かこ》まれ、いつになくてれて、ちょっと気取《きど》った感じの高田さんがそこにいました。

いち早く私を見つけると片手を上げて手招《てまね》きしながら、「おう！」とだけ言い、すぐまた視線をお姉さんたちに戻《もど》すのです。話しの様子では、これから街へ繰《く》り出して夕食を一緒にとることに決まったらしく、「じゃあ出かけましょうか」と言いながらＯＬさんたちが立ち上がりかけました。高田さんも一旦《いったん》自分の部屋へ戻っていきました。

高田さんが席を外している間も三人の娘さんたちはさも楽しそうに、まるで雲雀《ひばり》かなんかが囀《さえず》るような感じでおしゃべりしています。そのいずれもが、浮き浮きしていて、眩《まぶ》しいくらいの華やかさ。

そこへ外出の支度を終えた高田さんが入ってきました。私がしょんぼりして階段の手すりに凭《もた》れかかっていると、ふっと気づいたように、「芳《よ》っちゃんも来ていいよ」と声をかけてくれたのです。私はズタズタな気分で、気乗りしなかったのですが、誘ってくれたことはやっぱり嬉しく、「うん」と小さく肯《うなず》きながら階段をついて降りました。

高田さんと三人のお嬢さん達は外へ出てからも舞い上がっているようで、今で言えば「合コン」ではしゃぎまくる若者たちという感じです。綺麗《きれい》なお姉さんたちに囲まれていつになくふわふわしている高田さん。

でも考えてみれば当然のこと。お年頃の、いわば妙齢《みょうれい》のお嬢さんたち。それも銀行にお勤めの、洗練された知的な娘さん。片やこの私といえば、今で言う中学二年のオカッパ頭《あたま》のじゃりん子。しかも防空頭巾をたすき掛けした、もんぺスタイルのダサい恰好をした女の子です。太刀打《たちう》ちできようはずがありません。

私はそれでもしばらくの間、その一団に少し遅れながらも、後《あと》から付いて行きました。

高田さんは一、二度振り返って見てはくれましたが、心《こころ》ここにあらずといったふうで、すぐお姉さんたちの輪に戻り、時折り弾《はじ》けるような笑い声に包まれて、ご機嫌《きげん》になっています。

テンション全開《ぜんかい》なのが後ろ姿からも、はっきりと見てとれるのです。

私のガマンももう限界《げんかい》でした。

私は足を速めて、高田さんに近づくと、背後から語気《ごき》を荒めて言いました。

「芳《よ》っちゃん、もう帰る！」

言うなり、さっと身を翻《ひるがえ》して……と言いたいところですが、その日たまたま私は下駄《げた》を穿《は》いていたのであまり敏捷《びんしょう》な動作はとれなかったのですけれど、後《あと》をも振り向かず夢中《むちゅう》で駆け出していました。

高田さんはすぐに追いかけてきました。

そして、いきなり私の肩を掴み、

「バカだなあ…、何怒《おこ》ってんだよ、一緒に行こうよ」

そう言うのです。私は半分ベソをかきながら、肩に置かれた高田さんの手を振り払《はら》い、

「行かないっ！　高田さんなんか大っ嫌《きら》いよ！」

言うなり、また駆《か》けだしました。

（きっとまた追いかけて来てくれる）

そう信じながら、下駄の音をカラコロと響《ひび》かせて走り続けたのです。

今度止められたら、素直《すなお》について行って一緒にご飯食べに行こう、そう思っていました。

でも、なんだかヘンです。追いかけてくる気配《けはい》がないのです。恐る恐る振《ふ》り返ってみました。

そこには誰もいず、夕焼け空の下に椰子《やし》の並木が長い影を落として突っ立っているだけ。

ぽっかりと穴のあいたような空間に黄昏《たそがれ》の気配《けはい》が漂《ただよ》いはじめていました。突然、哀しみが溢れ出し、人影《ひとけ》のないのを幸い、私はワアワア大声で泣きじゃくりながら駈《か》け続けました。


でもその日家に帰ってからも、そのことは家族の誰にも言わずじまいでした。高田さんに妬《や》き餅《もち》焼いたなど、とても恥ずかしくて言えなかったからです。

明くる日もその次の日も私はまだつむじを曲げていました。台電クラブにあれほど毎日通い続けていたのに、頑《かたく》なに怒りを籠《こ》もらせていたのです。
二、三日経ったある日のこと、学校から帰ると上の姉が、

「芳っちゃん、今朝、高田さんから電話があったのよ」

と言います。ホッとしました。とても嬉しかったのです。

（高田さんが「ごめんね」って謝《あやま》ってくれなくてもいい、やっぱり仲直りしよう）

いそいそ気分で私が電話をかけようとすると、姉が言いました。

「でもヘンねえ、高田さんったら、芳っちゃんにサヨナラって伝えておいて下さい、だって」

……まさか！　血の気が引く思いでした。

ダイヤルを回すとお松おばさんが出て、低い声でこう言うのです。

「芳っちゃん……高田さん、今朝出撃命令《しゅつげきめいれい》が出たのよ。将校さん達と三人、お昼過ぎにここを発って飛行場へ向かったの」


どんなに悔《く》やんでも、悔やんでも取り返しのつかない哀しい別れでした。あの日、私の肩をつかんで、「バカだなあ」と言った高田さんの言葉どおり、ほんとうにおバカな私でした。泣いても泣いても涙は止まりませんでした。今こうして文字を打ち込んでいても、六十五年前のあの日のことを想い浮かべて涙を流しています、
・・・・
「おふくろに遺品《いひん》を届けて」と言われていたのに、住所も聞かないままの別れでした。この

人だけは絶対に死なない！　などと軽々しく決《き》めつけていた自分が情けなくて、今でも自分を許せないのです。どんな思いで高田さんは私に電話したのでしょう。

慌《あわ》ただしい出発のさなか、それも死地へ赴く最後のわずかな刻《とき》を割《さ》いて、私のためにダイヤルを回してくれているその後ろ姿、その指先……が今も目に浮かぶのです。私が不在であることを姉から聞いた時の彼の思いは……。もし私が電話に出たら、どんなことを言うつもりだったのでしょう。でも「さよなら」などと、じかに聞かされたら耐えられなかったに違いありません。たまたま私が不在であったことも、運命だったのかもしれません。けれど、たとえそれが神様のご配慮《はいりょ》だったとしても、高田さんはやっぱり私に電話に出て欲しかったに違いありません。考えれば考えるほど、未だに後悔は募《つの》ります。

高田さんたち三人が出撃なさったのは、台湾北東部の「宜蘭《ぎらん》」という、今はその跡地《あとち》すらない小さな飛行場でした。そこから海を越えて沖縄の西方洋上の敵艦隊に突入したのです。

三人のうち二人は少尉、藤嶺圭吉少尉《ふじみねけいきちしょうい》と須藤彦一《すどうひこいち》少尉（いずれも戦後大尉に昇格）でした。

旧軍隊の階級については、今の人はあまりご存じないかと思うのですが、「元帥《げんすい》」を筆頭に下は二等兵まで、それはもう実に歴然とした階級名称があって、ちなみに下から言うと、二等兵・一等兵・上等兵・兵長・そして「伍長」の順です。「伍長」からは軍曹《ぐんそう》・曹長・准尉《じゅんい》と続き、その上が「少尉」、つまり彼らの間には相当な階級差があったのです。

なぜ彼、高田豊志伍長のみが、はるかに上官の二人の少尉に伍《ご》して出撃したのか……詳しいことは未だに謎なのですが、彼は少年飛行兵・第十三期の出身。一方、二人の将校は、「特別操縦見習士官」と呼ばれる、大学からの志願者で、いわゆる「学徒出陣」の方々。きっと高田伍長は、位こそ低かったものの上官である二人に、勝るとも劣らない腕を持ち合わせていたのではないでしょうか。

私の手許に一枚のハンカチに書かれた皆さんの寄せ書きが今も残っています。台電クラブ滞在中に書いて下さったものですが、それぞれ二十歳《はたち》前後であるにもかかわらず筆に勢いがあり、その達筆《たっぴつ》さは驚くほどです。

将校の人たちが辞世《じせい》の歌や名前を書き連ねた後の、小さなスペースに、遠慮がちに、しかしこれまた素晴らしい筆致《ひっち》で記されている「陸軍伍長　高田豊志《たかたとよし》」の名。

この寄せ書きを書いて下さった日の宿舎の情景……その時の明るかった午後の陽射しま

で、今も鮮やかに蘇ってくるのです。

※註9：東条英機大将＝

（一八八四〜一九四八）太平洋戦争中の首相。陸軍大将。昭和十五年陸軍大臣となり、南方進出を唱えた。昭和十六年太平洋戦争に突入すると独裁体制を固めたが、昭和十九年サイパン島の敗北を機に内閣総辞職。昭和二十三年極東国際軍事裁判の結果、絞首刑となった。

第8章　台湾をあとに

その後、まるで櫛の歯が欠けるように特攻隊の皆さんは次々と台電クラブを後にし、私の前から姿を消していきました。と言っても、飛行機は依然として届かず、「花蓮《かれん》」という台湾東部の基地でじりじりと待機の日々を送っていたようなのです。

その頃から、空襲のサイレンは以前にも増して頻繁に台北上空に鳴り響くようになり、いずこも逼迫《ひっぱく》した空気が漂い始めていました。

父たちの戦争を憂う声も、もはや弾みがなくなり、往時の覇気《はき》は窺《うかが》うべくもなくなっていました。周りの大人たちも、それぞれが無事にその日その日を送ることだけで精いっぱい、恐らくその頃には日本の勝利を信ずる大人は皆無だったのではないでしょうか。

昭和二十年（一九四五年）五月三十一日の空襲は特に大規模なもので、Ｂ29（※註10）による波状攻撃は日に幾度となく台北の街を脅《おびや》かしました。総督府、台湾銀行、軍司令部、さらには大学付属病院などにも500キロ爆弾が次々に投下され、大損害を被ったのです。私たちの女学校、一高女も標的となって、正門のすぐそばに大きな爆弾が落ち、校長先生が犠牲になるという哀しい事態も起きた、凄まじい一日でした。

けれどその日、父は、「今日は我家《うち》にはバクダンは絶対落ちないよ」と断言するのです。普段から妙に霊感のある人でした。身体は華奢で、一見とても優しそうに見えるのですが、いったん言いだしたらとことん押し通す人で、鹿児島出身だけあって、いわゆる九州男児を地でいっていたのです。

私たち三人姉妹がずっと防空壕にもぐり込み、遠くに落ちるズドーンズドーンという爆弾の音に怯えていても、父は悠々とお勝手でご飯を炊き、おにぎりを作って防空壕まで運んでくれるのでした。極めつけは、大好きなお風呂。石炭釜で炊いていたので沸き方がとても速く、よく昼間っから自分で沸かして入っていたのですが、その日空襲の最中にまでも入っているのにはさすがに驚かされました。

以来、私たちは父の「予言」については、完全に信奉者となってしまったのです。

その頃は学校も休校が続き、やがて私たち姉妹も母たちの疎開生活に合流することになりました。

疎開地は台北郊外の小高い山の中腹にあり、粗末なトタン屋根に覆われた、五軒続きの長屋でした。会話も筒抜け、プライバシーなど望むべくもない環境だったのですが、あたりは自然に恵まれ、遊ぶには事欠かない場所でした。

山裾にある大きな池で、私は真っ黒に日焼けしながら毎日のように泳いだり、「探検」と称して山ひとつ越えた隣の村を覗きに行ったりしていました。

台湾人の農家の人たちはお庭に出した質素なテーブルでよくご飯を食べていましたが、人が通るとにこにこして、「一緒に食べないか」と、手招きして呼んでくれるのです。そういうところは、台湾の人はとてもオープンで人なつっこいのです。そんなにご馳走ではなかったのですが、柔らかく煮た中華風のお粥がとても美味しくて私は遠慮なくご馳走になっていました。ただ食べるだけでは悪いので、稲刈りを手伝うつもりで田んぼに出ると、みんなが笑うのです。台湾語でよく分からなかったのですけれど、「あんたじゃ、役に立ちそうもないね～」といったニュアンスが込められていて、私も一緒になって笑っていました。

毎日毎日がワイルドで、しかも好奇心満々の私を充分満足させてくれるような、それは忘れられない最高の日々でした。

その日も目一杯遊び呆けて夕方の気配に気づき、あわてて家に帰ると、いつもは賑やかな話声でうるさいくらいの長屋が、妙に静まり返っているのです。

母は私を見るなり言いました。

「こんな時間までどこに行ってたの。戦争負けたのよ。日本が負けたの」

瞬間、私は凍りついてしまいました。

（まさか……そんな！　信じられない！　イヤだァ…）

頭の中を何か尖ったものがギリギリと音をたてて回っているような気持ちでした。

（今までのことはいったい何だったのよ！　死んでしまった高田さんたちをどうするのよ！）

その夜はまんじりともせず、重い頭で朝を迎えました。

朝陽は昨日とちっとも変わらず、同じ真夏の光がバラック建ての壁の隙間から射しこんでいます。

（日本が負けた？）

何度反芻してみても答えは同じでした。

その日の夕方、父が迎えに来てくれてみんなで山を降り、台北市内の家に帰りました。母は電灯《あかり》を点けられることが何より嬉しかったらしく、いままでずっと長い間黒い布で覆いっぱなしだった家中の電燈から次々とそれを取り外しながら、「ああよかった。ああ、嬉しい」を繰り返していました。

その時の母の思惑の中には、当然のことながら、間もなくこの地を追われ、一切の財産を失うことになることなど、これっぽっちも含まれてはいなかったはずです。

その後しばらくたって女学校の授業は普通通りに再開されました。でも爆撃に遭った校舎の損害も大きく、特に私たちの教室に近いトイレは水洗の水もうまく流れず、詰まったまま水が溢れているのです。それをどうにか使えるよう、連日みんなで奮闘していました。

その頃女学校は今までの校長先生と代わって、中国から女性の中年の校長が赴任してきていたのですが、ある日のことトイレ掃除に行くと、扉を開けっぱなしのまま用を足している人がいるのです。私たちが「やあねぇ」と顔を見合せながら入口で待っていると、出て来たのは、なんとその新任の中国人の校長先生だったのにはビックリでした。

朝礼の度にキチンと台の上に立ち、『三民主義』という中国国歌を歌うその姿からは想像もできない珍事だったのです。

三民主義は「ツァンミンチュウイ」と読み、全部覚えさせられました。

私たちは何となく屈辱感に捉われながらもそれを口に出せないまま、歌っていました。歌わないわけにはいかなかったのです。

三民主義《つぁんみんちゅうい》、吾黨所宗《うたんそうちょん》、
以建民國《いちぇんみんこう》、以進大同《いちんたあつぉん》、
咨爾多士《うあるとおし》、為民前鋒《ういみんちぇんほう》、
夙夜匪懈、主義是從、
矢勤矢勇、必信必忠、
一心一德、貫徹始終！

読みはフリガナがふっているあたりまでしか記憶にありませんが、メロディは今もしっかりと覚えています。

そのうち女学校の建物は中国政府に接収され、私達は長い伝統を誇るその校舎から追い出されてしまうことになるのです。校舎を去る最後の日、悲しくて、友達同士抱き合って泣きました。同じ女学生でも、台湾人の人たちは人数こそ少なかったのですがそのまま残り、私たち日本人は馴れ親しんだ教室を離れ、他の小さな女学校の校舎の一部を借りて勉強を続けることになったのです。

それでも、今思えば、その頃はそれまで知らなかった台湾人本来の姿にも接することができた、またとないチャンスでもあったわけで、今まで日本の統治時代にはあまりお目にかかることのなかった「爆竹」や台湾の「お芝居小屋」がおおっぴらに開かれはじめたのはちょっとした驚きでした。

食べ物もそうです。いままでどこに隠されていたのだろうと首をかしげたくなるような、七面鳥だの豚肉がふんだんに市場に並び、目を見張らせました。

何となく同胞の肩身が狭くなり初めたのは、終戦の年も押し詰まった頃からだったでしょうか。

その少し前、中国本土から中国の軍隊が台北に入場するというので、みんな沿道に出て迎えるようにというお達しが出ました。

台湾の人たちは大きな期待に胸を膨らませながら、今までの植民地処遇から解き放たれる喜びとともにその軍隊の到着を待ったのです。救世主に近い感覚で期待していたのではないでしょうか。

ところがその入場行進を私は二階の窓の隙間からそっと見ていたのですが、それはただ呆れるばかりの滑稽な集団だったのです。

脊中に背負ったのは鉄砲でも剣でもなく、なんとカラ傘、そして大きな中華ナベ。着ているのが、古ぼけたキルティングのまるで布団のような上着なのです。

しかも「これがほんとに軍隊なの？」と疑いたくなるほど、てんでんばらばらな行進。そしてその賑やかなこと、ひっきりなしにおしゃべりしながら歩いているのです。この時の台湾の人たちの失望ぶりは、後々まで語り草になったといいます。

やがて、日本人はもはや台湾にはいられなくなる、追い出される……という噂がたちはじめました。

父も母も内地での暮らしなど考えてもいない様子でしたが年が明けるや否や、それは現実のものとなってふりかかってきたのです。

「引き揚げ」、それは私たち庶民にとって言葉では言いつくせない大きな衝撃であり、喪失でした。

それまでずっと台湾で暮らし、そこに骨を埋《うず》めるつもりでいた父。まさか戦争に負け、台湾を追われることになろうとは想像もしていなかったはずです。

終戦の明くる年、昭和二十一年（一九四六年）初頭、にわかに在台日本人への一斉《いっせい》退去命令が下りました。即刻街を立ち退くことになったのです。荷物は各自リュック一個と、日用品及び着替えの衣類上下三組までを行李《こうり》（※註11）に詰め、持ち出せるお金は一人につき千円、それ以外は持って帰ることを禁じられたのです。宝石などは出港地で検査があり、見つかったら即没収と聞かされていました。

母は着物や宝石等には未練はなかったようですが、子供たちの幼い頃の写真だけはと、アルバムをすぐ上の姉と手分けして全部持って帰りました。それは今でも私たちにとって何よりの宝物となっています。

今までの生活基盤の一切を奪われるという事態にもかかわらず、何一つ混乱もなく黙々として引き揚げてゆく日本人、街はまるで潮が引くように日増しにガラガラになっていきました。その様は、残された台湾人の目にはどう映っていたのでしょう。

当時台湾のトップジャーナリストだった台湾人の林茂生《りんもせい》が「日本人恐るべし」と題した、次のような四行詩を残しています。

「日僑《にっきょう》今や天地回りて国に去る
天を恨まず。地に嘆かず。
黙々として整々と去る。・・・
日本人恐るべし」

忘れもしない昭和二十一年二月二十八日の早朝、父を先頭に家族それぞれがリュックを背負い、慣れ親しんだ家を後に台北のメイン道路をとぼとぼと歩き始めました。幼い頃、いつも二階の窓から眺めていた懐かしい勅使街道《ちょくしかいどう》……。

あの朝の台湾らしからぬ、暗く重たかった空気……。何も知らない小さな妹たちはまるで家族でピクニックにでも出かけるかのように楽しそうにはしゃいでいました。

ふと見ると、先頭を歩いている父が大粒の涙を流しながら、まるで幼児《おさなご》のようにしゃくりあげているのです。天を仰ぎ、その苦衷を神に訴えてでもいるかのように。無理もありません。三十年間働き続け、粒粒辛苦《りゅうりゅうしんく》の末にようやく造り上げた鉄筋コンクリート建てのマイホーム。そして生活の基盤、それを二足三文どころか、まさにすべて「水泡に帰して」しまうことになるのですから。

当時父は五十五歳、母は四十五歳でした。長兄たちはまだ戦地から帰っていなくて、いちばん下の妹はわずか五歳。その上に七歳、十歳、十二歳……と、弟妹が続いていて、総勢十人が鹿児島の、父の郷里を頼って引き揚げの第一歩を踏み出したのです。

それがどんなに辛く苦しい生活への第一歩になるのか、その時点では知る由もありませんでした。

それまで私たちは「飢え」について考えてみたこともなく、それがどんなことなのかもまったく分かっていなかったのです。今まで行ったこともない内地、しかも敗戦後の日本の生活に対する私たちの認識はあまりにも甘すぎたのでした。

私たちが乗ったのはアメリカの「リバティ号」という貨物船でした。貨物船の船底《ふなぞこ》の船倉《せんそう》にまるでマグロのように何千人もの人が押し込まれ、身動《みうご》きするのがやっと。家族全員、横たわるスペースさえ充分に確保《かくほ》できない、そんな状況だったのです。

配《くば》られる食事といえば赤い高粱《こうりゃん》のご飯。高粱というのは雑穀の一つで、モロコシの一種なのだそうですが、いくら煮ても粒が固く、みんな今まで口にしたこともなかったのです。慣《な》れない食材に、たちまち下痢患者《げりかんじゃ》が続出しました。

しかも船倉は機関室と隣り合わせ、重油のいやな匂いが充満していて、それだけでも気持ち悪くなるのです。その上、三月だというのに時ならぬ嵐が吹き荒れていました。

船は木《こ》の葉のように揺れ、船酔《ふなよ》いでみんな意識も朦朧《もうろう》としていました。私も真っ先にやられてしまい、船底で嘔吐《おうと》を繰り返す始末です。生きた心地《ここち》もしませんでした。

そんな時です、すぐ上の姉、節子といいますが、節子姉も同様に苦しんでいたはずなのに、夜中に私を揺《ゆ》り起こすのです。

「芳《よ》っちゃん、この船、今沖縄の海を通《とお》ってるんだって。きっとこのあたりよ。高田さんや塚田さんが沈んでいるのは……。甲板に上がって海を見ておこうよ」

私はとても立ち上がれるような状態ではありませんでした。ちょっと動いただけで、空っぽのはずの胃袋が縮《ちぢ》みあがり、吐き気で目の前がグルグル渦巻《うずま》くのです。

でも、「高田さんが…」そう聞いた途端、今、この目で沖縄の海を見ておかなければ！という思いが私を突き動かしていました。這《は》ったまま、寝ている人々の間を抜け、甲板へ続く縄《なわ》の手すりのついた階段、といっても足のかかるのはほんのわずかのスペース、ほとんど縄梯子《なわばしご》のようなものでしたが、力を振り絞って上《のぼ》りました。

姉と二人、ようやく甲板に辿《たど》りつくと、海は大時化《しけ》。横殴《よこなぐ》りの雨が情《なさ》け容赦《ようしゃ》なく吹きつけます。恐らく夜中の二時くらいだったのでしょう。甲板には船員の姿もありませんでした。

私たちは吹き飛ばされないよう、船の舳先《へさき》近くの機材につかまりながら、荒れ狂う真っ暗な海面を黙って見つめていました。

このあたりのどこかに高田さん達は眠っている……そう思うと耐えられなくなって、「高田さーん」「塚田さーん」と声を張り上げながら、姉と二人抱き合ってワアワア泣きました。

このあたりの海で、どんな戦《いくさ》が繰《く》り広げられていたのでしょう。高田さんが最期《さいご》を遂げた沖縄の海……。

「さよなら」も言えないままに別れた人の沈んでいる海。

あの時、姉が起こしてくれなかったら、そして沖縄の海を見ずじまいだったら、私は一生後悔していたに違いありません。

台湾の基隆港を出てから十日近くもかかってようやく到着したのは、和歌山県の「田辺」という、美しい港でした。

「おーい、日本が見えたぞ～」

その声にみんな一斉に船のデッキに集まりました。

かすかに見える島影にも似た内地がそこにあったのです。初めて見る祖国、日本。この美しい国を護りたい一心で、高田さんたちは死んでいったのだ……こみ上げる思いを私はどうにも抑えようがありませんでした。

まさに「国破れて山河あり」、そのものだったのです。

リバテイ号は直接接岸できないため、漁船に近い小さな船（はしけ船）に分乗しての上陸が始まりました。夕刻近くから霙《みぞれ》が降り始め、台湾生まれで今までそんな寒さなど一度も体験したことのない私たちにはあまりにも辛い、初めての日本の夜を迎えたのです。

しかも、その氷雨《ひさめ》の中、各自の行李《こうり》やリュックを自分たちの手で、船から引揚者収容所まで運ばなければなりません。私たちは姉妹で手分けして、母の分や小さな弟妹の荷物まで、何回も往復することになりました。

でも人間はそうした極限状態に陥《おちい》ると、かえってハイになり、むしろそれを喜んで受け容《い》れようとする何か強い意志が湧き出るものなのだ、ということを十五歳にして初めて体感した、それがこの瞬間でした。


宿舎備え付けの小さな手押し車を借り、私は一人、黙々と往復を繰り返していました。港から宿舎までどれくらいの距離があったものか、今では思い出せませんが、その道は舗装もされてなく、ひどいぬかるみでした。靴ではツルツル滑るので、私はしまいにはほとんど素足になっていました。三月の十日頃でしたから、気温も低く、足先きの感覚は全くありません。それでもなぜか涙も出ないのです。私は歯を食いしばり、口を真一文字に結んで妹たちの荷物を載せた手押し車と、ぬかるみの中で悪戦苦闘していました。

その時です。今まで重くて自由にもならなかったその車がふいに軽くなり、スイスイと動き始めたのです。

びっくりして立ち止まると、車の持ち手の片端《はし》を握ったまま、すぐ横に大学生くらいのお兄さんがニコニコ笑って立っています。

「引揚援護局」の腕章をつけたお兄さんでした。

「手伝ってあげようね。僕も終戦ちょっと前まで軍隊で台湾にいたんですよ」

言いながら、重い手押し車を軽々と引いて下さるのです。その時初めて、私の目からポロポロと涙が溢《あふ》れ出ました。

お兄さんは上着のポケットから乾パンを五、六個取り出すと、それを私の掌に載せてくれました。ご自分でも乾パンをパリパリ音たてて齧っています。私はそれまで自分が空腹であることさえ忘れていたことに気づいたのでした。

その時の味はそれからも折に触れ思い出したほどの美味しさでした。

それからの荷物運びは私にとって、むしろこのまま何往復でも続けていたいと思わせるほどに楽しかったのです。

お兄さんは大阪大学の文学部の学生さんということでした。アルバイトで引揚援護局のお仕事をしていらしたようで、歩きながらいろんなお話をして下さいました。中でも読書に関するお話では初めて聞く外国の文学者や詩人の名前もあったりして、もともと本の好きな私にはなにか憧れにも似た世界が目の前に開けるような気がしていたものです。

その夜私たち家族は援護局の宿泊所に泊まり、明くる朝早く、京都行きの列車に乗ることになっていました。

次の朝は、昨夜の霙《みぞれ》などウソのような晴れやかな空模様でした。むろん風は刺すように冷たかったのですが、駅まで続く道端に萌え出た草の色は、台湾では想像もできないほどやわらかな若草色です。

私は宿舎を出る時、昨夜のお兄さんに「さよなら」が言いたくて、キョロキョロと探したのですが、どこにも姿はありませんでした。

ちょっと寂しい気分で、リュックを背負ったまま妹の手を引きひき、駅までの道を急いでいたのです。

ちょうど道が二つに分かれ、駅に向かう分かれ道に近づいた時、私は跳び上がらんばかりに驚いてしまいました。その小道の一角にゆうべのお兄さんが立っていて、笑顔でこっちを見ているではありませんか！

（よかったァ…、これで「有難うございました」ってお礼が言える）

嬉しくて足を急がせました。

と、その時、お兄さんは小さく畳んだメモを私に手渡しながら、早口で、

「向こうに着いたらお手紙下さいね。僕の住所書いておきましたから」

そうおっしゃるのです。

私はただビックリして、「昨夜《ゆうべ》はお世話になりました」と、用意していた言葉も言えないまま、後ろからどんどん続く引揚者の行列に押し流され、振り返りながらお兄さんに手を振るのが精いっぱいなのでした。

その後も鹿児島県の父の郷里まで辛い長い旅は続くのですが、このとき頂いたメモ用紙は私にとってまるでお守りのように引き揚げの苦しみのすべてを暖かな幸せ気分に代えてくれたのでした。


それからまる一日かけて辿《たど》り着いた父の故郷、鹿児島県川内市《せんだいし》（現在の薩摩川内市《さつませんだいし》）。しばらくは親戚の離れを借りて住んでいましたが、もちろん収入もなく、家財道具も何ひとつない、そんな日々が待っていたのでした。

無理もありません。生活の基盤《きばん》は何ひとつとして内地には置いてなかったのですから。食べてゆくのがやっと、と言えばその頃の暮らしの全貌《ぜんぼう》が分かってもらえるでしょうか。

のほほんと暮らしていた台北時代の日々、それが一転して生きてゆくこと、つまり食べることだけが当面の課題という、惨《みじ》めな現実の世界が始まったのです。

それでもそうして転《ころが》り込む先があった私たちはまだ恵まれたほうでした。頼って行った先の叔父の家にも子供が七、八人いて、大変だったのですが、叔母が心優《こころやさ》しい人で、自分たち家族の食べる分を減らしてでも私たちに回して下さったのです。もしあの時、そうした救いの手がなかったら、いったい私たちはどうなっていたのだろうかと、これはもうずいぶん大人になってからようやく気づいたことなのでした。

何しろ、すぐにも内地の女学校に転校できる、そんな安易《あんい》な気持ちから、引き揚げ時のリュックの中には教科書や通信簿など学用品しか入れて来なかったという、まさにノーテンキな娘でしたから。けれどそんな中でも高田さんの遺品だけは手許の小箱に納めたまま後生大《ごしょうだい》事《じ》に持ち歩いていたのです。

引き揚げる時、最低限《さいていげん》のものしかリュックには入《い》れられなかったのですが、その預かりものの三つの品はそれまでの長い道のり、ずっと私の背中で揺《ゆ》られていたのでした。

でも、身を寄せた父の郷里川内《せんだい》での生活は日に日に厳しくなり、一家そろって暮らすことも難しくなってきたのです。ついに私たち三姉妹は母方の親戚を頼って家を離れることになりました。

初めは福岡の博多《はかた》にしばらくいたのですが、やがて同じ福岡県の若松《わかまつ》市に移りました。そこで運よく市営住宅を借りることができ、三姉妹での暮らしが始まったのです。

若松の「小石《こいし》」という、玄界灘に面した静かな海辺の街でした。

長姉は市内の小学校に勤め始め、節子姉は働きながら夜間の大学に通っていました。私は若松市役所の税務課に臨時雇いで働くことになったのです。

猛烈な忙しさで残業も続くような毎日でしたが、私はまだ中学生の年齢です。何しに行っているのか分からないくらい、ほとんど役に立たない雇い人でした。それでも税務の仕事というものがどんなものか、窓口での応対の仕方なども見よう見まねで覚えてゆきました。

課長さんたちおエライさんはともかくとして、若いお兄さんやお姉さんたちにはいつも優しくして頂いていました。大事な伝票にナンバリングを打つ仕事など任されると、あ、私も仕事してるんだ！　と嬉しくて残業もちっとも苦になりませんでした。

でも、年が明けて昭和二十二年（一九四七年）になると、私はこのまま学校に行かずじまいになるのでは、という不安に駆られ始めたのです。

仕事をしながらも、休みの日には引き揚げる時持って帰った教科書を開き、一人で英語や数学の勉強をしていたのですが、復学への思いは募るばかりでした。

でもここで仕事を止めては、ここまでやって下さった親戚にも申し訳が立ちませんし、何かにつけて庇《かば》って下さる優しい税務課のお兄さんお姉さんたちと別れるのも辛かったのです。さんざ迷ったのですが、それでも私は一大決心をして周囲に頭を下げ、鹿児島の父母のもとに帰ることにしたのです。

当時私はまだ十五歳、自分の一生を決断するにはあまりに未熟な年齢でしたが、今にして思えば、やはり私は逆境に揉まれながら、次第に人一倍強いサバイバル精神を身に付けていったのかもしれません。

そうしてようやく念願の復学を果たしたのは、引き揚げてからちょうど一年後のことでした。

それからは数々のアルバイトをこなしながら、私は好きな音楽に没頭《ぼっとう》していきます。ところで、引き揚げるとき出会った、優しいお兄さんとの文通ですが、一別以来ずっと高校の半ば頃まで続きました。

ドイツ文学を専攻していらして、私に「これだけは読んでおくといい」という、海外の名作の題名などを次々に教えて下さるのです。

その頃私は十指にあまるほどのいろいろなアルバイトをこなしていたのですが、バイトのお金を貰うとすぐに街の本屋さんに走っていました。お兄さんに教えられた本を「岩波文庫」の棚から探し出すのが何よりの楽しみでした。

セピア色に変色しきったそれらの本の何冊かは今も本棚の奥に眠っていて、高校時代、夜遅くまで読みふけっていた頃の自分を懐かしく思い出すのです。

アルバイトはその種類たるや千差万別で、小学生の家庭教師や、幼稚園児のピアノの手ほどきから食品工場のラッキョウ剝き……。ちなみに、主なものでは新聞配達・封筒貼り・共産党の集会所のお炊事手伝い・洋品店の店員・アイスキャンデー売り、などなど。

でもその折々に楽しい仲間ができて、私はバイトを辛いと思ったことはただの一度もありませんでした。バイトが終わるとその足で学校の音楽室に、ピアノを弾かせてもらいによく走ったものです。

音楽の先生が宿直のときには夜中までもピアノを弾かせて下さったのです。

しかも月謝は一切取って下さらず、レッスンまで丁寧にやって頂いたのでした。

今思うと、なんと幸せな高校生活だったのだろうと思うのですが、それでも家では幼い妹たちを抱え、まだまだ暮らしは大変でした。父も母もどんなにか辛かったことかと思います。けれど母はそんな私の生き方にとてもも希望を持っていてくれたようでした。

夜中に学校の音楽室まで迎えに来てくれて、母娘《おやこ》一緒にシーンと静まり返った商店街をおしゃべりしながら帰るのです。一度、お巡りさんに職務質問されたことがありました。母がカクカクシカジカ…とワケを話すと、その若いおマワリさんは、「どうも御苦労さまです」と、キッチリ敬礼して消えて行きました。その夜のことは思い出すたびに可笑しくて、母との間でその後もよく笑いのタネにしていたものです。

その頃私は、先生方のお計《はから》らいで月謝免除の特待生にして頂いていましたのでアルバイトの収入は家計の足しに化けることもよくありました。

でもちっとも自分を惨《みじ》めだなどと思えなかったのはやはり生来のあっけらかんとしたキャラクター性、そしていい友人たちに囲まれて毎日が楽しくて仕方無かったからだと思います。ましてあの文通のお兄さんに薦められて読む「ヘルマン・ヘッセ」や「シュトルム」などの世界は、辛い現実から完全に切り離してくれるように思え、私はその魅力にどんどん引き込まれていったのでした。

けれど、お兄さんとの文通はその後思いもよらない哀しい結末を迎えることになるのです。

※註10：B29＝
アメリカ合衆国のボーイング社が設計・製造した大型爆撃機。愛称は「超空の要塞（スーパーフォートレス）」。第二次世界大戦末期から朝鮮戦争期の主力戦略爆撃機。中型爆撃機構想から発展したB-17と異なり、最初から長距離戦略を想定して設計された。

※註11：行李（こうり）＝
かぶせ蓋の、直方体の「つづら」の一種。材料は竹・柳・籐など。軽くて耐久力があり、手軽なところから、庶民の衣料運搬具・貯蔵具として重宝された。しかし防虫・防湿性に乏しく、現在はビニール・ジュラルミンなどに押されてほとんど使用しない。

第９章　おとなの階段

そのお兄さん、Ｋさんから届いた最後のお手紙はそれまで無邪気に生きてきた、いわば少女だった私にとって、あまりにも残酷な中身でした。

それまで異性を好きになることなど小説の中の世界でしかなかった私。このまま夢だけを追いかけてずっと生きていけそうな気がしていたのに、突然届いたそのお手紙は、いきなり私を「おとなの階段」の前に引きずりだし、有無を言わせず駆け上《のぼ》らせるような……そんな悲しいものだったのです。

読み終わってからも、しばらくはただ茫然と突っ立っているだけの私でした。

忘れもしない、高校二年生の夏休み明けのことです。

Ｋさんが戦前、ずっと関東に住んでいらしたことは前からのお便りで知っていました。

戦災でご家族のすべてを亡くされその後、関西の親戚を頼ってそちらに身を寄せ、大阪大学に通っていらしたことも、折々のお手紙の中で伺ってはいました。

でもやはりこの先、学業を続けることが難しくなり、ある開業歯科医のお宅に養子に入ることになった、というのです。

で、そのため今までの文学部から同じ阪大の歯学部に移ったこと、さらにその条件として、将来そちらのお嬢さんと結婚することにもなっていること、したがって自分はもうすぐ「K」の姓を捨てなくてはならない身なのだということも……。

その頃の私にとっては音楽も文学も、生きてゆく上での「支え」そのものでしたし、Kさんはその意味でずっと傍にいて、私を育《はぐく》んで下さる存在……そんな気持ちでいたのです。

かといってKさんとの仲を、文通だけでなくもっと進展させたいなどとは露ほども考えていなかったはずでした。だのに……、その痛手のあまりの大きさに、私は戸惑うばかりでした。

どうしようもない哀しさと喪失感は日を追うごとに膨らみ、それまで笑い飛ばしていたような貧乏生活も、暗い谷底に落ちてゆくような「辛さ」に変わっていったのです。

私の中で知らず知らずのうちに、Kさんに対する尊敬や憧れが何時しか小さな恋となって芽吹き初めていたのかもしれません。

辛いことは重なって襲ってくるものです。高三を控えて、進路を決めなくてはならない時期に当たっており、授業が「進学組」と「就職組」に振り分けられることになりました。当然私は進学したかったし、「就職組」に入る気などさらさらなかったのです。

その頃九州大学に通っていた兄に相談の手紙を書きました。少しでも兄の援助があれば、なんとかやっていけそうな気がしたからです。でも帰ってきた返事は、こんこんと諭《さと》すような口調で「他に弟妹もいることだし、お前一人だけを援助するわけにはいかない。それに俺自身も苦学生の身だから」というのです。たしかに兄の言うとおりです。

それ以来、外では明るく振る舞う私の中に、もう一人の暗い自分が住みつくようになりました。絶望的な叫び声が頭の中でわんわんと木霊《こだま》するのです。

いつも何かトゲトゲしい気分になって、まるで遅まきの反抗期の始まりといったところでした。

些細なことで父や母につっかかり、そんな自分が情けなくてまた落ち込む、そうした「悪循環」を繰り返すようになっていました。

一度何かのはずみに母と言い合いになり、夕食を食べながら、

「芳《よ》っちゃんなんか、生んでくれなければよかったのよ！」

と叫んだ途端、隣に座っていた父の猛烈なビンタが飛んできたことがありました。

私が生まれたのは台湾でも最も暑かった七月。父は赤ん坊の私にアセモができないよう、毎晩薬湯《くすりゆ》につからせてくれていたのだそうで、そんな私が親に向かって口走るひどいセリフがよほど悲しかったのでしょう。

けれど、それがキッカケというか、私にとってその夜のことはひとつのふんぎりともなったようで、今まで以上に音楽、特に声楽に熱中していきました。


高校の音楽の先生のお力添えで卒業と同時に就職も決まり、小学校の音楽教師として街のはずれにある小さな村に赴任《ふにん》することになったのです。山あいの静かな村の小学校でした。

親元を離れての初めての一人暮らしです。すべてを振り切ったつもりの私は少しばかり晴れがましい気持ちで、教師としての第一歩を踏み出したのでした。ところが、そこはそのあたりでも由緒正しい武家の家柄を継ぐ集落だったらしいのです。

今の時代では信じられないことですが、赴任した途端、村の有力者らしき人物から、真っ先に、先祖の名、家系はどういう筋の？……などと根掘り葉掘り聞かれるのです。生まれてこのかた、今までそんなことは考えてみたこともなく、友人間《かん》でも、ただの一度も話題にも上らなかった私にしてみれば、まさにカルチャーショックでした。（え？　なんで私に今さらそんなことを？）と、あまりにも違った世界を垣間《かいま》見る思いがしたものです。むしろ逆に興味シンシン、そう言われてみればあたかも「落武者《おちむしゃ》の末裔《まつえい》」を思わせるような、そのおじさんの眉太のいかつい顔を見ていて、思わず笑いそうになって困りました。

でも結局私はそこでも否応《いやおう》なしに「おとなの階段」をさらに数段駆け昇ることを強《し》いられるのです。自分が今まで両親や姉たちの庇護のもとに、いかに安閑《あんかん》と暮らしてきたかを思い知らされ、望むと望まないとにかかわらず、もはやそうした、いわば世間から目をそむけてばかりはいられないことを痛感するのでした。当然のことながら、私は世渡りの術《すべ》を少しずつ身に付けていくのです。おかげで居心地もしだいに良くなってきてはいましたが、そんな自分に嫌気がさし始めていたのも事実でした。

その村で一年余りを過ごした頃、次兄が母の広島の実家で印鑑のお店を開くことになり、一家を上げて広島に移り住むことになりました。私は小学校の教師を辞めるかどうか真剣に悩みました。村の素朴な生徒たちは本当に可愛かったし、村の人たちの優しさ、暖かさも日を追うごとに身にしみて分かってきていたからです。第一、音楽を教えること自体、楽しくて仕方なかったのです。けれどそこでの一人暮らしは私にとってやはり寂しすぎました。子供の頃から大勢の家族に囲まれて暮らしてきた私です。その家族がみんな遠くへ行ってしまっても、ここでずっと暮らしていけるだろうか？　どう考えても孤独には勝てそうもありませんでした。

そんな時でした。後に夫となる中田からの長い手紙が我が家から転送されてきたのは。

引き揚げの直前、台北の我が家に立ち寄って下さった経理係りの中尉さんに、鹿児島の住所をお知らせしておいたのを、何かの折に教えてもらったらしいのです。

無二の親友を見送りながら、自分だけがおめおめと生きていることへの慙愧《ざんき》の念、そして、一筋に貫いてきた目標を失った今、何ひとつとして生きる意味を見出《みいだ》せないまま今日《こんにち》にいたっていることなど、その辛さが行間に滲《にじ》み出ているような文章が、便箋数枚にわたってびっしりと書き込まれていました。

それは私にとって運命的な一通だったと言えます。

あの台電クラブのお座敷で慰問団のお芝居を見た時、後ろからコロコロと転がってきた蜜《み》柑《かん》のことが一時《いちどき》に蘇ってきました。

（蜜柑を投げてよこしたあのお茶目な塚田さんはもうこの世の人ではなく、一方、残された親友の中田さんは生きていくことの辛さにのたうち回っている……こんな悲しいお話があっていいものだろうか）

と、胸が痛みました。

しかも追って届いた彼の手紙は、読み進むにつれて、それがあたかも私に向かって発せられるＳＯＳででもあるかに思える内容でした。

復員してほどなく彼は自ら「死」を選ぶことを決意したらしいのです。何もかも振り捨ててしまいたい！　生きることになんの意味も感じられないのに、このままずるずる生ける屍《しかばね》でいつづけるのは絶対にイヤだ。そう思ったのだと言います。

わずかばかりの食糧をリュックに詰め、黙って家を出たのです。その時点でようやく二十歳《はたち》になったばかりでした。

絶対に帰るものか！、そう心に決めて出たのだそうです。次姉が気づいて駅まで追いかけて来《き》、数枚の下着を手渡しながら、「気をつけてね、必ず帰ってきてね」といって涙ぐんでいたそうです。

それから一カ月近く……八ヶ岳中腹の斜面の窪地《くぼち》で雨つゆを凌《しの》ぎながら露営《ろえい》を続け、孤独の中で岩壁と向き合っていたのですが、とうとう食糧が底をつき、体力も衰えて岩場に身を横たえたまま時を過ごしていました。

それでも最後には、朦朧《もうろう》とした意識の中で谷川に下りて飯ごうに水を汲み、最後の一握《ひとにぎ》りのお米をおかゆに炊いて食べたのだそうです。

そうして結局は死ぬこともできないまま家路につくのです。

「あれは本能みたいなものだった。枯れ枝を集めて何時の間《ま》にかメシを炊いていたんです。所詮どうしようもない男ですね」

手紙はそう結ばれていました。


私の中にあの十四歳の夏の日のことが一気に蘇ってきました。

みんながまだ生きていて、トランプのババ抜きで最後のジョーカーをめぐって他愛もなく大騒ぎしていたあの夏の日の、台電クラブのお座敷での光景。遺品を預かるのに、まるで無造作に「うん、いいよ」などと口にしていた十四歳の、幼稚だった私。

あれからまだわずか六年しか経っていないのに、いろんなことが大きく変わりすぎてしまった！　そんな大きなギャップを感じずにはいられなかったのです。

それでも私はその赴任先の山村へ、やはりあの高田さんの遺品だけは大切に持ってきていました。忘れ去るには余りにも大きな哀しみの詰めこまれた思い出の品々でしたから。

第10章　痛恨の帰郷

生き残った彼ら特攻隊員が復員兵として日本へ帰りついたのは、私たちとほとんど同じ時期、昭和二十一年（一九四六年）の三月、終戦の明くる年でした。

のちに夫となる中田が特攻隊員に指名されていたことは、むろん夫の家族たちも知っていましたし、無事に帰還した時の両親の喜びようは察するに余りあります。

しかしその帰郷は、彼にしてみればほとんどの友を失い、自分だけがおめおめと帰って来たという負い目……その苦しみの始まりでしかありませんでした。

それは戸惑いなどというなま易しいものではなく、ましてや「命拾いした！」などという感慨はまったく湧かなかったと言います。

突然の終戦、ふと見回せば、生き残っているのはわずか二、三人だけ。

そしてようやく帰ってきた故郷、神奈川県川崎《かわさき》市。そこで重い心の荷《に》を降《お》ろし、め、で、た、しい、い、めでたしということなど、あろうはずはないのです。家族のみんなに優しくされればされるほど、彼の中に凝固《ぎょうこ》しつくしている、自分だけが生き残ってしまったという呵責《かしゃく》、面目なさは日ごとに膨《ふく》れ上がっていったのです。世間の冷たい視線にも耐えなければなりませんでした。

「特攻隊の生き残り！」「特攻くずれ！」、そんな心無い誹《そし》りが、当時は巷を横行していましたから。

「俺のこの苦しみがお前らに分かってたまるか」と、怒《いか》りに腸《はらわた》を煮えたぎらせる日々が続くのでした。

そんな彼を取り巻く家族としては、「そっとしておいてやる」しかなかったのです。しかし彼にしてみれば何故か母親や姉たちのその優しさが、かえって我慢ならなかったといいます。

ましていったん死を決意して家を出たはずが、死に切れないまま、のこのこと帰宅する結果となってしまった。結局、彼は以前にも勝《まさ》る屈辱感を味わうことになるのです。硬い殻に閉じこもったまま、じっと耐え続ける……そんな生き方をしていたようなのです。

突然凝《こ》り固まっては頑《かたく》なに口を閉ざす……この行動パターンは、実は結婚してからも少しも変りませんでした。同じ屋根の下に住みながら、何を話しかけても頑として口を噤《つぐ》み続ける……長い時は一週間も返事をしないことが結婚当初からもよくあったものです。時折りそっとその横顔を盗み見ると、こめかみだけがかすかにピクピク痙攣《けいれん》していて、それは内面からほとばしり出る感情を自《みずか》らコントロールしているようにも見えました。

そこでほんの少しでもバランスを崩そうものなら、恐らく今でいう「うつ」にはまりこんでいったのではないでしょうか。

彼の怒りは家族に対してだけにはとどまらず、自分と同じ「生き残り」の立場にある者が、いち早く身を転じ、ある意味要領《ようりょう》よく生きてゆく姿を見聞きするにつけ、滾《たぎ》りかえっていたのでした。

でもそういう人もいて当然だと思うのです。実に見事に変身をやってのけ、一流企業に就職する者、民間パイロットとして返り咲き、華々しく脚光を浴びる者、さまざまでした。その、「人それぞれの分岐点」はいったいどこにあったのでしょう。夫はたんに図太さに欠け、切り変えが苦手だったというだけのことなのでしょうか？

あるいはあまりにも気が小さくて、生き残ったことの罪悪感からどうしても逃《のが》れきれなかったからなのでしょうか？

いいえ、彼はひたすら優しすぎたのだと思います。彼は人一倍優しく、何か対処する時にも、必ず一歩ひいて他人を優先する……そんな性格の持主《もちぬし》でした。それは母親譲りだったと思います。姑《しゅうとめ》は自分を犠牲にしてでも人のためにつくす心優しい人でした。生涯ただ一人として敵を作ることはなかったと思います。ですが半面極めて消極的でした。そんなところをそっくり受け継いだ夫もすべてが控え目、何か新しいことに直面すると立ち止まり、石橋を叩いて渡るどころか、結局は石橋を叩かずじまいで引き返すくらいの人だったのです。

もともと性格的に不器用で、お世辞の下手な、人みしりの強い人でした。もし彼が社交的な性格で初対面の人とでもすぐに打ち解けられるような人だったら、そんな風に孤独の中でのたうち回るようなことはなかったのかもしれません。

だからこそ、兄弟以上の親交を重ね、心を許し合っていた親友の塚田さんを失った悲しみは、とうてい拭い去られるものではなかったのです。

さらに夫にとって追い討ちをかけるように究極の苦しみの原因となったのは、長年《ながねん》の親友を含めた四人が特攻命令を受け、昭和二十年（一九四五年）七月十九日に出撃した、そのメンバーに実は当初、自分も組み込まれていたという事実でした。

当初の予定はたまたまの天候の悪化で出撃中止となり、白紙《はくし》に戻されたらしいのです。そして、後日発表された再編成メンバーの中に、なぜか夫の名だけが外され、新たに別の隊員一人の名が加えられていたというのです。

でも、次に飛行機が到着すれば次回の出撃でいずれ自分も後を追うのだと当然のことのように思い、すでに覚悟《かくご》はできていたし、その時点では後《うし》ろめたい思いなどさらさらなかったと言います。

ですから親友の出撃に際しても「別れ」という意識はまったくなく、「潔《いさぎよ》く征《い》ってこい、俺もすぐあとを追うから」という思いだけが先《さき》だっていたはずでした。

エンジンがかかり、プロペラが回りだした時、思わず機体《きたい》によじ登って固い握手《あくしゅ》を交《か》わしたと言います。

「俺もすぐ行くからな！」、爆音にかき消されまいと、大声でどなると、親友の塚田さんは黙ったまま、何度も何度も頷《うなづ》いていたそうです。

「あいつは神様みたいだった……マフラーをなびかせた横顔は、ほんとうに神々《こうごう》しかった…」

ぼそっと呟いた夫のこの言葉は、今でも忘れられません。


その塚田さんとの思い出は、私も数知れず心に残されています。

そもそも演芸会の真っ最中、蜜柑を転がしてご自分をアピールしてきたようなおちゃ、、、めな人ですから、ユーモアも多分に持ち合わせていて、お話していてもとても楽しかったのです。

宿舎の台電クラブでは、ポータブル蓄音機《ちくおんき》のそばでよく音楽を聴いていました。クラシックももちろんですが、モダンなポップス、タンゴなどがお好きで最後までその手廻《てまわ》しのポータブル蓄音器を手放さず、大事に持ち歩いていたような人でした。

でも音楽に耳を傾《かたむ》けている塚田さんの優しい目の中に、いつも私は悲しそうな「あきらめ」を見ていました。

ある時、一緒にレコードを聴いていて、そのあまりの哀しげな目に私は耐えきれなくなって思わず、

「塚田さん、死んじゃダメよ。死なないでね」

と言ってしまったのです。二人っきりだったので思わず口をついて出た言葉でした。

言ってしまってから、「どうしよう…私、ヘンなこと言ってしまった」と、そう思い塚田さんの顔色を窺いました。

塚田さんは寂しそうに、それでも少し笑って、

「芳っちゃん、僕たちはね所詮《しょせん》、端末《たんまつ》なんだよ」と、まるで自分自身に言ってきかせるように、何度も呟《つぶや》くのです。

塚田さんと中田は飛行学校からの同期生。厳しい訓練生時代から意気投合した仲でした。まるで双子のようにいつも一緒。背格好も同じくらい、雰囲気までも似たような二人でした。ただ決定的に違うのは、塚田さんがすべてに積極的で、自己アピールを上手になさるのに対し、夫は自分を押し出すことが苦手な人。だからこそ、かえって彼らの気持ちもピッタリ合っていたのかもしれません。

夫との手紙のやりとりはその後もいっそう頻繁になっていきました。

当時私自身も、このまま小学校の音楽教師を続けるかどうかしきりに悩んでいましたし、彼に聞いてもらうことで救われる思いがしていたのです。

「一度、逢ってみたい」

そう言いだしたのはどちらだったか……。私達はいつしかお互いに支え合いたい……と思い始めていたようです。その気持ちは手紙のやりとりの中で次第に深まっていったのです。いいえ、それは二人の性格からいって、絶対と言っていいほど、私の方からだったに違いありません。

その頃の彼の仕事というのは街の小さな印刷屋さんで「謄写版刷り」の筆耕《ひっこう》を請け負い、自宅を仕事場に一人で字を書くというものでした。謄写版刷りというのは半透明の原紙（雁《がん》皮紙《ぴし》）に鉄筆《てっぴつ》で文字を書き込み、それをインクローラーで擦《こす》って印刷する、いわゆる「ガリ版刷《ず》り」というものです。コピー機もなかった時代の、極めて原始的な印刷方法で、夫の仕事はその原版となる原紙を一枚仕上げてナンボという、出来高払《できだかばら》いなのでした。

これなら誰とも顔を合わさないで済む、そう考えたあげくに選んだ職業だったらしいのです。もちろん健康保険も社会保険もありません。でもその頃の私は、この人と二人して生きていければそれだけで充分と、考えていました。

初め私達は漠然とそれぞれの住む場所、神奈川県と鹿児島県のいずれでもない、中間地点で逢おうか、というお話になっていました。「京都がいいな。君の住む鹿児島からはちょっと遠いけど」、そんなことを言ってきたのですが、もうその頃の私は、家族の引っ越しに合わせて広島に移り住む決心が固まっていたのでした。

せっかく就いた教職を捨てることについて、私自身とても悩みましたが、すぐ上の節子姉は特に猛反対でした。

姉は苦学して大学を出、やはり小学校の教員になっていました。むろん親元を離れての一人暮らしです。姉には叶わないと思いました。昔からそうです。姉はシッカリものの優等生。私はチャランポランで、何にでもすぐに音を上げてしまう弱虫。女学校時代からよく比較されたものでした。

でもこればかりはいくら姉に止められても止められるものではなかったのです。

そうして私たちは広島で七年ぶりの再会を果たしました。

私たちは当時広島駅のコンコースの隅に建てられていた、石造りの「原爆の碑」の前で待ち合わせました。

「安らかに眠って下さい　過ちは　繰返しませぬから」という碑文の書かれたあの石碑です。

それはその後、間もなく広島平和記念公園内に移されたと聞いています。

私、二十一歳、夫は二十六歳になっていました。

第11章　元特攻隊員との結婚

どういう心の経緯から、わずかの間の手紙のやりとりだけで、生き残りの特攻隊員と結婚する気になったのか？　と聞かれても、「ただ運命の流れによって結ばれた」としか答えようがないのです。その昔、親友と二人していたずら半分に蜜柑を転がし、私たち三姉妹にちょっかいを出してきた、あの慰問演芸会の日が私たち夫婦の長い歴史の始まりだったというわけです。まさか、あの時この中の一人と生涯を共にすることになるなどと、どうして想像できたでしょう。

広島の実家では誰もがその無鉄砲さに呆《あき》れ、口をそろえて反対しました。結婚式当日にいたるまでに母との間に何回衝突《しょうとつ》が繰り返されたことでしょう。

母にしてみれば娘を遠くに手放すことじたい辛かったに違いありません。なんせその頃は広島から東京まで十三時間も列車に揺られなければならなかった時代です。まして少々けたはずれな、世間知らずの娘、しかも何ひとつ財産もない引き揚げ者の娘が、一度も会ったことのない婚家の人々とうまくやっていけるのだろうかと、それを何よりも心配していたのです。

逆に父親のほうは私の性格を知り抜いているだけに、これまた妙に楽観的なのでした。

「芳子のことだ、一週間と持つまい。第一、すぐに追い返されて帰ってくるさ」

兄たちも含め、私の家族が猛反対だったそれ以上に、夫の実家でも困惑を隠しきれなかったのではないでしょうか。結婚式当日まで夫の両親とも、数多い兄妹とも初対面、という型破りな状況だったのですから。

まして外地暮らしなどまったく無縁と言っていい、ごく普通の家庭に台湾生まれの色黒のとんでもない娘、しかも戦後にリュックひとつで引き揚げた貧しい家の娘を嫁に迎えるということで、さぞかし抵抗があったに違いありません。

結婚式は昭和二十八年（一九五三年）五月、川崎の夫の実家の座敷に親類縁者が集まって、ささやかに開かれました。

もちろん嫁入り道具など整えられようはずもなく、唯一《ゆいいつ》、次兄が工面《くめん》して持たせてくれた足踏みミシン一台、それだけがすべてという実にサバサバした「お嫁入り」でした。

ところがこれは後になって聞かされた、冷や汗ものの話なのですが当時、夫の実家の周辺はなかなか口うるさい所だったらしく、嫁入り道具を座敷に並べ、近所の人たちに披露するという習慣があったようなのです。

ですから、まさかミシン一台だけを置いておくわけにはいかず、仕方なく夫の弟たちがお金を出し合い、桐の箪笥《たんす》や家具を整えて座敷に置き、私が持ってきたものとして取り繕《つくろ》ってくれたらしいのです。

けれど当の二人にしてみればそういった「物」への執着心はさらさらなく、まして夫にいたっては弟たちに負担をかけたということがむしろ負い目になったようでした。たしかに夫の気持ちとしては複雑なものがあったはずです。生き残ったことの辛さから、一度は死のうとさえ思い、何もかも葬り捨てたいという気持ちが先走る中、それでもそうした「世間」という名のしがらみをまったく無視することもできず、その挟間《はざま》にあってさぞや混乱していたはずです。そんなことも彼にとってイライラの種なのでした。

私はそんな彼とずっと一緒に住むことで、心の傷《いた》みを分かち合えるのではないかと考えていました。文通を続けていた間も行間《ぎょうかん》に読み取れる、彼からの自嘲めいたネガティブな手紙にずっと心を痛め続けていた私でしたから、何とかして彼を癒《いや》してあげたい、二人で一緒に住めば何かが変わり、彼自身の深いわだかまりも解きほぐされるのではないかと。私の手で生まれ変わらせてみせる！　そんな意気込みさえあった当時の私でした。

しかし、それが実は大きな誤算であり、むしろ逆効果だったこと、心の傷が簡単に癒《いや》せるなど考えが甘すぎた。そう気付くのに、大して時間はかからなかったのです。

なまじ「あの頃のこと」を少女の目線で見て、知っている私を妻にしたことで、夫の呪縛《じゅばく》の度合いはむしろ深められたと言っていいかもしれません。

自分の親友を含め、散っていった多くの友人とも交流のあった私がずっと傍にいることで、記憶は薄らぐどころか常に新しく蘇《よみがえ》り、背負《せお》った十字架を瞬時たりとも降ろすことができなかったのではないでしょうか。

新婚生活は東京都世田谷区の京王線明大前駅からほど近い古い小さなアパートの一室から始まりました。

結婚した直後から、私も夫にならってガリ版の原紙切りを始めていました。二人して机に

戦後7年ぶりに広島で
出会った著者と中田輝雄
そして、二人の結婚式

向い、一日中ガリガリと鉄筆《てっぴつ》の音を立てながら字を書くのです。

それは今思い出しても何とも侘びしい光景でした。プロレタリア文学のひとこまにも似たセピア色のそんな映像が、今も時おり脳裏をかすめます。子供が生まれてからもその生活は変わりませんでした。

しかも夫はそのストイックな生き方を、家族に対しても求めるようなところがありました。華やかな世界に背を向け、地味に生きることをかたくなに自分に課していたのです。

子どもが小学校へあがって間もなくの頃、ＰＴＡのサークルで知り合った友人に家族ぐるみでのスキー旅行に誘われて、恐る恐るお伺いを立てたのですが、「お前たちのやることではない」の一言で反対されるのです。理由は多くは語らず、ただ「やるべきではない」と厳命するのです。

「寡黙な反対」、その理由は私にはすぐ分かりました。しかもいったん口を閉ざしてしまうとまるで固く閉じた貝のように頑固《かたく》なになるのです。このパターンは新婚の頃からずっと続いていて、しだいに耐えられなくなってきていたのです。

それは私と夫との間に「齟齬《そご》」めいたものを時折り感じさせることにもなりました。

そして、(え？　私、ほんとうにこれでよかったの？)と、自問自答を繰り返す日々が続くようになりました。

ついにそんな夫に、(もういい加減にして！)と思い始めたのは結婚して十数年も経った頃だったでしょうか。

その頃夫は銀座の歌舞伎座近くの印刷会社に勤め、ワープロを使って印字打ち込みの仕事をしていました。

女性の多くがそうだとはよく聞きますが、私は三十五歳を前に自分の一生はこのままでいいものかと真剣に考え始めたのです。女は子供を産み、育てることで大きく変貌し、強くなるのかもしれません。まさに人生のターニングポイント。居ても立ってもいられない焦燥感に捉われ始めていました。一人息子が小学校の四年生、つまり子供から手が放せるようになった頃のことです。

(羽ばたきたい！　そして学びたい！　自らの手で生きてきた証《あか》しをつかみ取りたい！　こんな生活のままで一生を終えるなんていやだ！　辛すぎる！)

夫の中に澱《おり》のように沈んでいる哀しみは以前よりは少し薄らいだかに見える時もありましたが、夜遅くまでダイニングルームでお酒を飲みながら、昔の飛行学校時代の回顧録とか、あの《一枚の写真》の貼られたアルバムにじっと見入っていることがよくありました。

そんな時、一緒に哀しみを分かち合い、彼の心の古い傷跡をいたわってあげる……それが結婚する前に私の思い描いていた自分自身の映像だったはずなのに、そういった彼の内面を理解するどころか、むしろその後ろ向きの生き方、過去の箱から何時までも脱け出しきれずにいる……そんな夫が次第に疎《うと》ましく思えてきていたのです。

責められて当然のひどい妻でした。

私が最初に起こした行動は、保母、今で言えば保育士の資格を取ることでした。引き揚げ当時、貧しさ故に大学進学をあきらめなければならなかった、あの時の悔しさ。

しかも高校卒業と同時に受けた国家公務員試験も、狭き門だったのにすんなりパスしてほっと一息ついていたところ、信じられないことに、一緒に資格をゲットした友人が次々とお役所に就職していく中、地元になんの伝手《つて》もコネもない私はせっかく得た資格をみすみす無駄にしなければならなかったのです。

そんな苦汁を若い日に嘗《な》めてきた私に、「今からでも遅くない！」と急《せ》きたてる声が耳元でこだまするような気がしていました。まさに人生の折り返し地点、何者かに突き動かされるような日々でした。

保母の資格試験は東京都が施行していました。一定期間の講習を受けたのち、筆記と実技の試験です。

全部で8項目くらいありましたが、実技のピアノも、以前からやっていたことでもあり、どうにかクリアして資格を取ることができたのです。

ところがいざとなると小学生の一人息子を「カギっ子」にする決心が揺らぐのです。その年の保育園の保母募集もさんざん迷ったあげくに見送ってしまい、せっかく取った資格も眠らせたまま、相変わらず謄写筆耕というあのガリ版印刷の仕事を自宅で続けていました。

昼間一人で机に向かって仕事をしていると虚しくて、そのころようやく中古で手に入れたピアノを時折りポロンポロンと弾いていたのですが、それをご近所の方が聴いていて、「ぜひ、うちの子にピアノを…」とお声をかけて下さったのです。

「私、お教えしようにも、保母の資格しかもってないんです」、そう言ってお断りしたのですが、即日姉妹で通って下さるようになり、そのうちお友達にもお声をかけてもらって、あれよあれよという間に生徒は三十人、四十人と増えていきました。さすがにこれではいけないと思い、数多い生徒さんを教えるかたわら、ヤマハ認定の指導者の資格を取るべく銀座に通い始めたのもその頃でした。

まるで娘のような年若い先生にしごかれながら、夢中で勉強を続けていたものです。そのうち本格的にエレクトーン教室を主宰するようになり、生徒もピーク時には七十人を超えました。

でもその頃、夫との間にまたもや諍《いさか》いが繰り広げられていました。

私は息子を私立中学に入れたいと思い、進学塾に通わせ始めたのです。ところが夫が言うには、「俺たちはそんな身分じゃないんだよ」。

つまり、夫としては、私達夫婦は「ひっそりと生きるべき」であって、人並以上に華やかな暮らしは望んではならないのだ、ということなのです。

無理もありません。

今でこそ私立受験は当たり前になっていますが、五十年近くも昔のことです、中学受験はクラスでも二～三人しかいませんでした。

夫としては自分だけが生き延びてしまったという呵責《かしゃく》が未だに尾を引き、人生を楽しんだり、ひと様より抜きん出る生き方を阻《はば》むのでした。もともと心の優しい夫の中にいつも流れていたのは、「万事控えめに」であり、本来ならば生きていること自体、申し訳ない身なのだという思いがすべてを規制していたのです。

まして〝人を押しのけてでも出世したい〟とか、〝エリートコースを歩む〟などという、そんな発想は夫の範疇《はんちゅう》にはなかったのです。

その意味では私たちはまるで正反対の夫婦になっていました。私自身の生き方は「昨日より今日！　今日より明日！」と、常に前進していなければ気がすまず、持って生まれたDNAが日を追うにつれて膨らんできていたのです。私の座右の銘として、「日々、是《これ》記録更新の人生」というのを掲げていたくらいなのですから。

そんな私を夫はよく、「流行《はや》りっけ奴《め》が！（お調子もの…くらいの意でしょうか）」と非難するのでした。夫は「常に醒《さ》めていた」といえば分かっていただけるでしょうか。

それが五十年近い結婚生活の、二人の底に絶えず流れ続けていた通奏低音だったのです。

「だったら二人は結婚すべきではなかったのでは？」

と、なじられても仕方ないと思います。

夫は私でなく、過去の痛手《いたで》とは無関係の、ごく普通の女性を選ぶべきだったのかもしれません。確かに「あまりにも衝動的すぎた結婚」と責められても返す言葉もないのです。

思うに人間とは私が考えていたような、そんな単純な生き物ではなかったのです。夫の受けた心の傷は、癒《いや》せるどころか、むしろ広げるような結果となってしまったのですから。


それでも私はあえて言いたいのです。結婚相手はやはり彼以外には考えられなかった。それは運命というよりも、次々と目の前から消えていった人たちとの縁《えにし》を失いたくない気持ち、それが大きかったと思います。

平和な時代だったら二人とも決して遭遇しなかったであろう体験、明日はもうこの世にはいないと分かっている人たちと過ごした日々、それは人間が軽々しく覗いてはいけない〝神の領域〟だったようにも思え、それをこれからも共有していきたい、という漠然とした思いがあったからなのでした。

「畏《おそ》れ」を共有することで、お互い重荷を軽減できるのではないか……そんな考えもあったと思うのです。そのくせ私は夫の無気力を心のどこかで責め続けていました。そうした矛盾だらけの「心の傷」を引きずったまま、私達夫婦は四十八年もの歳月を共にしたことになります。

第12章　別　れ

「無欲」と言えばこれくらい物欲のなかった人も珍しいのではないでしょうか。亡くなった後、夫の所蔵していた品物のあまりの少なさに、改めてその生への執着のなさを思い知らされた気がしました。

小さな印刷会社に四十数年、ただ黙々と往復を繰り返し、ひたすら働き続けた夫。平成十二年、七十四歳で亡くなるまで、運転免許はおろか、銀行のATMカードやテレフォンカードの類《たぐい》さえ、いっさい持とうとせず、必要最低限の生き方を貫いたような人だったのです。

けれどももともと頭のいい、記憶力も抜群の人でした。特に地歴に関してはヘタな学者さんにもヒケを取らないほど詳しく、一緒に大河ドラマなど見ていても登場する人物、年号そして地名など、まるでその時代に生きてでもいたかのように詳しく解説してくれるのです。

かといって、それをさらに極めようなどという意欲はさらさらありませんでした。

字を書かせても書家といっても通るほどの達筆で、私の教室の発表会の立て看板、舞台の横断幕、めくり用プログラムまで、毎年、一手に引き受けてやってくれていました。

墨汁の滴《したた》る極太の筆を使って、深夜遅くまで出演者の名前を一枚一枚、書いていくのです。五十人もの出演生徒の名前を書き終わると、それをレッスン室中に広げ、満足そうに、そして得意げに、いささか感に堪えないふうの私を振り返るのでした。

「これだけ書けるんだから、生徒取ってお習字の教室開いたら？」

そう言っても、ただ笑って頭《かぶり》を振るだけ。そんな気はまるで起きないのです。

もしも夫が戦争の影響をまったく受けず、あの苦悩の体験を被《こうむ》らないですむ時代に生を受けていたとしたら、さぞかし素晴らしい生涯を送ることができたのでは……と思うことがよくありました。

過去をふっ切ることができないまま、課せられた十字架の重みに耐え、しかもそれを甘受しつつ生きた夫。

そんな夫が唯一心の安らぎを得ることのできた時間、それが晩酌でした。思えば一年三百六十五日、お酒が喉を越さない日は一日もなく、そのひとときこそが彼にとってすべての重圧から解き放《はな》たれる「至福《しふく》の時間」だったのです。

それも少しの量ではないのです。かといって泥酔するようなことはなく、長い時間かけて一人で水割りウイスキーのグラスを傾ける。ただそれだけのことでした。しかしそのために心は安らぎを得ても、身体のほうはいつしかぼろぼろに切り刻まれていったのです。

「命を縮めるから……」と、どんなに止めても、「これで縮まるなら本望だ」、そんなやりとり、そして諍《いさか》いは五十年近い結婚生活の中で何回繰り返されたかしれません。もともと風邪ひとつひかない頑健な身体の持ち主だっただけに、自他ともに健康を過信していたことも間違いのもとでした。

病魔は唐突に襲いかかったのです。

舌癌……それが見つかったことがすべての始まりでした。仕事先でかかりつけだった歯医者さんに治療に行き、偶然発見されたのです。舌の付け根に小さな米粒ほどの白い突起が…。

でも本人は「戦争で死にはぐれた俺だ！　こんな歳《こ》まで生き延びて、もう充分じゃないか」などと言い、実に淡々としています。手術後も懲りもせずグラスを手にしていました。しかも居間の天井が飴色に燻《くすぶ》る程の長年のヘビースモーカーだったのです。当然のことながら間もなく再発。しかも頻繁に起きる不整脈に苦しめられる日々が続きました。

それにしても短かすぎた闘病生活でした。

でも闘病中の半年あまり私たちは初めて心から向き合うことができたのです。この短かったけれども、ようやく二人が真正面から見つめ合うことのできた日々……。

夫七十四歳、私は六十九歳になっていました。

孫のこと、息子のことなど、他愛のない話をしながら、止まったような時間の中でお茶を飲んでいると、これが夫婦というものの本来の姿だったのだ、私たちは今まであまりにも接点がなさすぎたのだと、初めてのように思い知らされ、密かに後悔の涙を拭っていました。

若い頃には考えようともしなかった、ささやかな幸せ。そして残り少ない貴重な日々。

陽当りのいい部屋に大きな医療用ベッドを置き、リモコン操作で上半身を起こした夫と向き合っていると、静かな刻《とき》の流れの中で二人とも何時の間にかタイムスリップし、私は十四歳の少女時代に戻っていくのです。

「俺と塚田が碁を打っていた時、もうすぐ勝負がつくという大事な場面でお前さん、碁盤をひっかき回したのを覚えているか？」

「そうそう、あの時は怒られたわねえ……」

それは遠い日のようでもあり、つい昨日のことのようにも思えてくるのでした。

高田さんが出撃なさった後、しばらくは台電クラブに自転車を走らせる気にもならず、家にこもっていた私に、お松おばさんから電話があって、私はまたもや出かけるようになっていたのです。それこそ、ほんの束の間の日々でしたが。

その日、私が宿舎の台電クラブへ行くと二人は碁盤を挟み、凄まじい形相で睨《にら》み合っていました。その日は、「いいレコードを頂いたから聴かせてあげるよ」と、前々から塚田さんとの間に約束が出来ていたので、ワクワクしながら出かけて行ったのです。

当時は、外国ものの輸入盤など聴いていたら即刻《そっこく》、憲兵に捕まってしまうような時代でした。もちろん古いレコードですが、特攻隊の方のためにと民間の方から提供されたものだったのです。

でもその時、丁度囲碁が終盤戦に入っていて、双方互いに譲らず、じっと盤面を睨んだまま、私のことなどうわの空なのです。

「ねえ、新しいレコード聴かせるって言ってたでしょ！」

私は塚田さんに何度も詰め寄りました。

「もうちょっとだからネ…」

優しい塚田さんはそんなふうに私を押し鎮めるのですが、夫のほうは、

「うるさい、黙ってろ！」

こんな調子なのです。

しばらく私は白黒の碁石《ごいし》がほとんど隙間ないくらいに並んでいる決着間近《けっちゃくまぢ》かの盤面をおとなしく眺めていたのですが、待ちきれなくなって次の瞬間、いきなり両手で盤面の碁石を引っかき回したのでした。そういう信じられないくらいの我がまま娘だったのです。

あの時の二人の呆気に取られたような表情……。

しばらく空白の時が流れ、その直後、中田のものすごい雷が落ちたのを覚えています。

「何て奴だろうと呆れ果てて、あの時、塚田のほうは怒る気にもなれなかったんだぞ！」

夫はまるで目の前にいる私が、あの頃の十四歳の女学生ででもあるかのように、言葉とはうらはらな優しい目をし、苦笑いしながらそんなことを言うのです。

あの時の勝負は私があんなことをしなければ、いったいどちらの勝ちになっていたのでしょう？

こうして病状のいい日は二人で昔話をしては静かな刻《とき》を楽しんでいたのです。こんな日がずっと続いていって欲しい……そう願うばかりでした。

その頃の夫は自らの死期を感じ取ってでもいたのでしょうか、長年責《せ》め苛《さいな》まれ続けてきた「生き残ったが故の苦しみ」から解き放たれ、とても穏《おだ》やかな表情を見せていました。でも私にはそれがとても切なかったのです。

もっと生きていて欲しい、こんなのホントのあなたじゃない。元気だった頃のあのニガ虫嚙みつぶしたような顔に早く戻って！

私達家族が知らない間に夫は辞世の歌を書き残していました。

幾山河　越えて戦の友がらと
空にて逢わん　五十年《いそとし》過ぎて

これが当時の夫の心の内をすべて物語っていたように思います。長い歳月苦しめられ続けてきたその重荷を、これでようやく下ろせるのだという安堵の思いがあったに違いありません。

夫のほうから話しかけてくるようなことは以前にはほとんどなかったのに、今思えば名残りを惜しむような口調で私によく話しかけてきました。

「台北駅のホームで別れたあの時、まさかお前さんとまた逢えるなんて思ってもみなかったなあ」

遠いところを眺めるような眼をしてしみじみと言うのです。

夫や塚田さんたちが台北駅から、特攻基地のあった花蓮《かれん》港へ向けて出発したのは昭和二十年五月の半ばを過ぎた頃でした。

その日は学徒勤労奉仕があって、朝から女学校の教室で電波探知《たんち》機妨害用の銀紙のテープをくるくる巻き取る作業をしていたのですが、上の姉が、

「塚田さんたち、急に出撃命令が下りたらしいの。午後の汽車で台北駅を発つのよ」

と、電話で知らせてくれたのです。私は、

「兄が戦地に出発しますので、見送りに行かせて下さい」

と、適当に取り繕って学校を早退し、すぐさま台北駅に向かいました。

五、六人の出発でしたが、塚田さんと夫は窓側の席に向かい合って座っていました。記憶にはありませんが、夫の言葉によると見送りに来た私は、ずっとベソをかきどおしだったそうです。

発車の長いベルが鳴り終わり、蒸気汽関車がゴトンゴトンと動き出したとたん、塚田さんはいきなり手を延ばして私の手を握りました。

あの時の塚田さんの哀しそうな眼。……今この手を放したら、もうこの世とはお別れ……とでも言いたげに、しっかと掴んで放さないのです。

緩《ゆる》いカーブを描く台北駅の長いプラットホームを、引きずられまいと私は懸命に走りました。息が切れるほど、そして怖いくらいの速さで。しかしとうとう手が離れ、見る見る小さくなってゆく汽車の窓辺に、塚田さんや夫やそして友人たちの多くの手が「さよなら」を告げていたのです。涙でかすんだ目の向こうでゆらゆらと揺れていたみんなの手が、今も浮かびあがってくるような気がします。

その日、台北駅で別れた数人のうち生き残ったのは、夫ただ一人でした。

思えばその日から今日にいたるまで、実に長い道のりでした。

今ここに病《やまい》を得、死を目の前にしてようやく、これであの《一枚の写真》の仲間たちに引け目を感じないで済む……と、初めて真の心の安らぎを手にしたかのような夫。

生き残ったが故《ゆえ》の、苦しみに満ちた生涯でしかなかった、と言ってはあまりにも可哀そうでしょうか。

唯一の救いは二人の孫に恵まれ、まるで人が変わったような、おだやかな笑顔で対していたことです。孫たちも、家族中の誰よりもおじいちゃんが大好きなのでした。

仕事の帰りに買ってくるケーキ目当てに、幼かった頃の二人はよく駅までの道をお迎えに出たものです。夕焼け空の下を三人で手を繋ぎながら帰ってくる姿が今も目に浮かびます。


かつて、「俺たちは高望みをせず、ひっそりと生きていかなくてはいけないのだ」と、息子の私立中学受験を真っ向から反対した夫でしたが、その息子がその後、開成中学から東大文学部を卒業し、さらに医者を目指して千葉大に進み、医学博士号も取ったということを、終《しま》いにはひそかな誇りともしていたようです。

「あいつが頭のいいのは、俺の血筋だな」

そんなことを、私にだけは嬉しそうにそう言うのでした。

亡くなる一週間くらい前だったでしょうか、

「ごめんね。私、仕事ばっかりしてて……、いい奥さんじゃなかったね。もっと家庭的な優しい人と結婚すればよかったのに」

手を握りながらそう言うと夫は笑って、「そんなことないよ、楽しかったよ……」と言ってくれました。その時の、はにかんだような笑顔が今も唯一、私の、夫への負い目を軽減してくれるのです。

もし「運命の赤い糸」というものがほんとうに存在し、それがすべて神さまのご配慮《はいりょ》であったとするならば、神の意図《いと》するところはいったい何だったのでしょう。もし、私以外のもっと思慮《しりょ》深い優しくて家庭的な、いえさらに進んで常識的な、まともな女の人と結婚していたなら……彼はもっともっと長生きできたのではなかったでしょうか。

でも、「今度生まれ変わったら私たち、また結婚しようね」と私がそう言うと、「うん、うん」と嬉しそうに何度も頷いてくれました。

今でも私は夫と共に過ごせたことを幸せに思いますし、来世また生まれ変わっても結婚する相手は夫以外には考えることができません。

第13章　命運を分けたもの

特攻出撃基地のあった《花蓮《かれん》港》という地名の響き。それは長年私の中に哀しい想い出の地として遺されてきました。

これまで、小学校の同窓会その他で何回か台湾を訪れる機会があり、オプションで花蓮観光コースなど、毎回設けられていたにもかかわらず一度もその地に足を運ぶことがなかったのは、それをかたくなに拒否し続ける自分がいたからです。

十四歳のあの頃、特攻隊員の口から「花蓮港」という言葉を聞くたび、暗く怖ろしい想いに捉われていた私でした。

「花蓮港に行く」ということは、すなわち出撃……そして永遠の別れを意味することだったのですから。

でも中にはあっけらかんとして、

「芳《よ》っちゃん、花蓮港はかえれんこう（帰《かえ》れん港《こう》）とも言うんだよ」などと冗談まぎれに駄洒落《だじゃれ》を言う方もいて、その時は一緒になって、「うふふ…」と笑ってみせたりもしたのですが、別れの悲しみと恐れは広がるばかりでした。

またある時は、「花蓮港へは軍用トラックでも行けるんだけどね、あの道はすっごいデコボコ道なので揺れて、流産するといけないから汽車で行くんだよ」などと笑い飛ばすのです。

彼らをそこまで達観させたもの、「死」をも怖れぬ確固たる信念の持ち主に作り上げたものはいったい何だったのでしょうか。

私は今でも、その頃の若者たちの中に流れていた真実の内面を何とか思い出してみようとするのですが、彼らが本当に死を恐れていなかったのかどうか？　その答えはどうしても出てきません。

国に命を捧げることに、寸分の怖れも抱いていなかった。それは真実の声だったのか？たてまえではなかったのか？

ただそこに「諦《あきら》め」があったということだけは確かなのです。

そう言えばずっと以前、夫が「しょせん逃れられない道だと思っていた」と本音をほのめかせるような言いかたで、ぽろっと呟くのを聞いたことがありました。

今頃になって、もっと話を聞いておいてあげればよかったと、私は後悔に捉われているのです。

そんな時でした。あの一枚の写真の中のお一人、織田保也《おだやすや》少尉の弟さん、織田昭次《しょうじ》さんがお兄さまの遺書を携《たずさ》え、我が家を訪れて下さったのは。

実はその年、平成二十一年、あるテレビ局からのお声がかりで、終戦記念日にまつわる企画の一端として、特攻出撃前夜に撮影されたあの《一枚の写真》をめぐる物語りを、五十五分間のドキュメンタリー番組にまとめる、というお話が持ち上がっていたのです。

担当の若いディレクターさんは熱心に資料を集め始め、自ら鹿児島の特攻平和会館にまでも足を運び、取材を重ねるなど、積極的に動き始めていました。その熱心な制作意欲は頭が下がるほどでした。私としても何かお役に立ちたくて、お一人でも遺族の方のお話を伺うことができたらと考え、夫の属していた戦隊の戦友会名簿を繰《く》って、近くにお住まいの方を探していたのです。

千葉県にお住まいの織田昭次さんがテレビの取材に応じるため、わざわざ私の家に足を運んで下さったのは、番組が放映になる直前の暑い夏の日でした。
その折りに出撃三日前まで克明につけられていたお兄さまの日記帳を持ってきて下さったのです。その古びた大学ノートの中に、御両親に宛《あ》てた遺書も書き記されていたのでした。死に対していささかの逡巡《しゅんじゅん》もなく、勇躍敵艦に突っ込もうとするその決意のほどに、改めて心が痛みました。

昭和二十年六月十八日
神威特別攻撃隊隊長命ぜられて
織田少尉

二十有三年　御両親様皆様の御被護の内に　大した病気・傷害も無く、幸福なる半生を得た事を感謝致します。然も専門教育をも受け、相當の知識を得、漸く一人前の社会人としての資格を得る迄の御両親様の御苦労の程、保也は泣いて感謝してゐます。個人的にみて、何等皆様の為に為す事なく散るは恩愛の情にひかれて心残る事無い事もないですが存知の如き情勢下、親子の情をふりすてて、国家の為悠久の大義に生きる事を御許し下さい。

然れども何等御両親様に孝養のまね事も出来ず、又皇恩の万分の一にも報ひる事の出来ないのを残念に思ふ次第です。

中田・塚田・渡井等の御両親の身を考へては貴君等は武運の幸を喜んでいるが、感無量なるものがあります。唯々敵機動部隊に命中を祈って下さい

弟さんが「兄の日記帖です」と、ご持参の古いノートを差し出されたとき、私はまさかそこに遺書が記されていようとは思ってもいませんでした。

書かれたのは六月十八日となっています。織田さんが出撃なさったのは塚田さんと同じ七月十九日です。つまりこの遺書はその三十日前にすでに書かれていたことになります。

読み進むうち、この遺書の末尾に記されている、

「中田・塚田・渡井等の御両親の身を考へては貴君等は武運の幸を喜んでいるが、感無量なるものがあります。」

という件《くだり》に、私は目が釘づけになってしまいました。

「中田って、夫のこと？」

やはりそうだったのです！　織田少尉が遺書をお書きになった「六月十八日」の、この時

点では織田少尉を隊長とする「第二次神威特別攻撃隊」の一員として夫は出撃するはずだったのです。

もしもその日、天候が崩れさえしなかったなら、確実に夫はこの世にはいない人だったのです。出撃は中止となり、間もなく再編成された「七月十九日出撃」のメンバーの中から一人だけ、なぜか外されていた夫。

そして、夫の代わりに当日四機編隊の中の一機に新たに指名されたのが、笠原卓三《かさはらたくぞう》軍曹でした。

恐らく軍の上層部に作戦上の何か変更があったのでしょう。

まさかそこで急転直下、戦争が終結するとは予測もしていなかったはずです。ですからたんに次回まわしぐらいの意識で夫は外されていたのかもしれません。

ところがそれから一カ月も経《た》たないうちに終戦。そこで大きく分かれてしまった命運だったのです。

夫が生きていることの申し訳なさに苛まれ続けていたのは、その日天候さえ悪化しなければ、笠原軍曹は死なずにすんだかもしれない……との思いが生涯頭から離れずにいたからだったのでしょう。

「天候悪化による出撃延期、さらに続く人員の入れ替え」、その話は夫から、私もほんの少しだけ聞かされてはいました。

それでも、私は半信半疑でいたのです。まさかそんなことが、人間一人の生命《いのち》に関わるようなそんな重大なことが、いくら上官とはいえ、その采配ひとつで組み変えられるわけがない。夫の思いすごしではなかったのか、私はずっとそう思い続けていました。

それは確信があったわけではなかったのですが、何故かそれ以上深くは考えたくなかったのです。

しかし今にして思えば、他のことはいろいろと包み隠さず話してくれた夫が、こと、このメンバーチェンジに関してだけは口を濁《にご》し、その詳細について語ることを避けていたように思えてならないのです。「言いたくなかった」、それが夫の本音だったのかもしれません。

ですから、織田さんの弟さんが持ってみえた織田少尉の遺書を読むまで、私はここまでハッキリした形でその事実を、掴みきれずにいました。というより、それ以上知ることが怖かったのです。

人間一人の「生き死に」に関わる、それはまさに「神さまの領域」内での話であるはずだからです。

でも、今こそそれが歴然たる証拠として目の前に突きつけられた気がしました。織田少尉の遺書に記されていた「中田」の二文字が、私の頭の中で大きく渦を巻き、夫が生涯背負った苦しみはそこに端を発していたのだと、ようやく納得できる気がしました。

昭和二十年（一九四五年）六月のある日、台湾北東部一帯の天候が崩れた、ただそれだけのことが二人の人間の運命を大きく変えてしまった！　生きのびた者と、この世から消えてしまった者と。

本来ならば、ただ単に出撃時期の順序が相前後するだけで、いずれは夫も命令を受け、同じように命を落としたはずなのです。ただそこに「終戦」という、運命のラインが引かれさえしなかったら……。

ですから当時、あえて駒を動かした上官にもなんら個人的な作意があったとは思われません。

それでも一人の人間が生き残り、代わりに別の人がこの世から消えた……。

それは動かし難い重大な事実です。いわんやそのご遺族、親御さんや兄弟姉妹にしてみれば計り知れない哀しみだったはずです。

私は夫が他の生き残った特攻隊員に比べ、異常なまでに過去に拘泥《こうでい》し続けたその理由《わけ》の確かさを、その時初めて知ることになったのです。

それは終戦の日から数えて、すでに六十五年の歳月が流れ去った二〇一〇年八月、夫が亡くなって丁度十年あまり経った日のことでした。

それからというもの、私は夫が生前晩酌の時などに、時折り口にしていた戦争中の思い出話を遠い記憶の底から手繰りよせ、その真相を確かめたいと思うようになってきました。

若かった頃は、夫のほうから昔の話をされても、子育てや仕事などでほとんど「うわの空」で聞き流していたに違いないのですから。

しかもこの私は自分から夫との結婚を望んだにもかかわらず、いつも心の中では絶えず夫の無気力さを責め続け、背を向けて生きていたのです。

同じ生き残りの特攻隊員達がスパッと頭を切り替えて、社会的にも相当な地位にまで上り詰めて行くさまを見聞きするにつけ、内心おだやかではいられず、(何故、夫はこんなにもしつこく過去にこだわり続けるのだろう？　どうして男らしく頭を切り変えて生きていこうとしないいんだろう？）と、私は歯がゆい気持ちでずっと見つめてきたのです。

その時……五十年以上も昔の、ある場面が私の脳裏に突然蘇《よみがえ》ってきました。

それは結婚して最初のお正月、昭和二十九年（一九五四年）、川崎の夫の実家に家族全員が集まり、義父母を囲んで賑やかな酒宴を開いていた時のことです。

夫は男兄弟四人、女四人の八人兄妹ですが、そのうち男三人が軍隊に取られながらも、無事に三人とも帰還したのでした。夫以外は普通の陸軍歩兵でしたが、それでも南方戦線や中支にいて生死の境を戦い続けてきたといいます。ましてや夫は航空兵で、しかも特攻要員。それが三人とも無傷で帰郷したのですから、家族の喜びようは計り知れないものがあったはずです。

その新年顔合わせの席で私は夫の父親、舅《しゅうと》の口から思いもよらぬ言葉を聞いたのでした。

大分お酒が回ってはいましたが、それでもしみじみとした声で言いました。

「輝《テル》が生きて帰られたのは山口さんのおかげなんだよなあ」

続いて、

「まったく……山口さんがいなかったらテルはどうなってたか。命の恩人ですよね」
と、姑《しゅうとめ》の口からも同じようなこんな言葉が。私は何のことだか分らないままにかたわらの夫を見つめました。

ところがその時、そうでなくてもいつも暗く翳《かげ》りのあった夫の目から、「余計なこと言うな！」とでも言いたいような、苦々しい視線が両親に向けて露骨に放たれているのを見て取ったのです。それはいかにも「止《や》めろよ！　その話は」という、声にならない叫びにも思えたのでした。

山口さんというのは、あの一枚の写真の後列、左から四番目に立っていらっしゃる山口文一《やまぐちぶんいち》氏（元准尉《じゅんい》）のことで、夫と同じ飛行第二〇四戦隊の、直属の上官だった人です。他の隊員に比べてひとまわり近くも年上だったようで、当時まだ子供だった私にしてみればお兄さんというよりも、小父さんというふうに見えていました。

私は山口准尉にも、とても可愛がって頂いていたのです。

山口さんは背の高い、実に豪快な、そしてユーモラスな人でした。

終戦になるちょっと前、山口さんは花蓮港にいったん移動なさりその後、台北に軍の公用で戻っていらして、我が家にも寄って下さったことがありました。遅くまで父と盃を酌み交わし、その夜は父の勧めで家に一泊なさったのですが、明くる朝、

「山口さん、夕べは眠れましたか？」

と父が訊ねると、

「実は蚊帳の中に蚊が入っていてうるさくてね〜。で、叩き潰したんですけど二匹だけ残しておきました。子孫が絶えると可哀そうですから」

などと真面目な顔をしてそんなことを言うのです。何時もそんな調子ですから、山口さんは我が家でもとても人気があって、姉たちにも大ウケでした。

これはごく最近になって知ったことですが、山口文一准尉は陸軍の戦闘機操縦者の中では、抜群の腕前を持った方で、昭和四十八年に刊行された『日本陸軍戦闘機隊・エース列伝』（酣燈社刊）にも名を連ねているほどの優秀なパイロットでいらしたようなのです。撃墜した敵機は十九機、と、はっきり記録にも残されています。

まさに戦闘機乗りの中の猛者《もさ》、おそらく二〇四戦隊のエースでもいらしたのに違いありません。でもその風貌からはそんな経歴はとうてい想像もできませんでした。いつも〝のほほ

ん〃としていて、その目はまるで象のように優しく、どこか人生を達観しているような微笑を絶えずその面に浮かべていました。

戦後、その山口さんが、突然私達の新居である東京・世田谷の小さな木造アパートの部屋を訪ねて見えたのは、夫の実家でのお正月の一件があって間もなくのことでした。

新婚一年にもならない頃で、馴れない都会生活の中、友達もなく、寂しい毎日を送っていた私にとってその唐突な訪問客、しかも夫と共通の知人である山口さんの出現はそれは懐かしく、嬉しい出来事なのでした。その頃山口さんは陸上自衛隊に入っていて、そこでもその技量を存分に発揮し、相当上の位についていらしたようです。そのときもきちんとした自衛官の制服をつけていて、それは立派でした。

「へえ～あの時の〃お転婆芳《てんばよ》っちゃん〃が、中田のヨメさんとはねぇ～」

信じられないと言わんばかりにしきりに繰り返すのです。

ユーモラスなところも昔とちっとも変ってなくて、

「あのまっ黒けで鼻っ垂らしの女学生が、ナカダを好きだったなんて…、さすがのオレも見抜けなかった！　不覚だったなあ」

などと言っては磊落《らいらく》に笑うのです。

ささやかな手料理でのおもてなしでしたが、三人で食卓を囲みながらしばしの時を過ごしました。

しかし、それはどう見ても懐かしい旧知の人との温かな交流の場面ではなかったのです。私たち二人が盛り上がっているだけで夫は終始押し黙ったままなのでした。ましてや夫の両親言うところの「命の恩人」としての感謝の念や、万感こもごもの再会……といった思い入れなど皆無だったのです。

それでなくても口の重い夫が、あからさまに不機嫌さを顔に出し、かつての上官の突然の出現を迷惑がっている様子がありありと見てとれるのでした。

ヘンだなあと私は思いました。そこまで露骨に不快な表情を見せる夫に、私は、（もしかして私が山口さんの出現にあんまりはしゃいでいるのが不愉快なのかしら。ひょっとしてヤキモチ？）などと、軽く考えていたのですが、実はそんなものではなかったのです。

そもそも特攻隊員を指名し、出撃命令を下《くだ》すのは飛行隊長であるはずです。その頃飛行隊長さんは《一枚の写真》の前列中央に坐っておいでの高橋渡《たかはしわたる》大尉でした。でも航空士官学校出の隊長は一応、多くの隊員を掌握しておいでだったとは思うのですが、実戦上での駒の進め方をお一人で判断したとは考えられません。戦闘体験の豊かな、複数の誰かが出撃メンバー選出に関与していたことは確かです。

これは私にとって、推測の域を脱し得ないことなのですが、あの日、出撃中止になった後、一度白紙に戻してその後再編成隊を組んだ時、搭乗員選びに当然山口准尉も加わっていたのではなかったでしょうか？

山口さんは高橋飛行隊長の片腕として、その存在は貴重だったはずです。作戦上、山口准尉の私見が重視されたであろうことは想像に難くありません。

夫はそのことを知っていたに違いないのです。自分はこの人の手によって生き残りの運命を与えられたのだ、と。そしてそこに大きな重圧を感じたのではないでしょうか。しかも元上官、命を救ってもらったという負い目から、どうにも逃げ切れなかったのではないでしょうか。

長年戦場を渡り歩き、生死を共にしてきた親友たちと引き裂かれた、その無念は、戦争が終わったからといって、すんなりと命の恩人としての感謝の念に切り替えることなどできようはずはなかったのです。

「俺は生きたいとはこれっぽっちも思ってなかった。親友と一緒に死にたかったオレをあんたは何故征かせてくれなかったんだ！」

そう叫びたい思いが胸の内に煮えたぎっていたに違いないです。

それでも夫の親兄妹にしてみれば、「運がよかった！」「よくぞ助けて下さった！」という感謝の思いしかないのです。それは当然ではないでしょうか。言ってみれば、究極の身内のエゴイズムと言えるかもしれません……、でもそれを誰がとがめ立てできるというのでしょう！

おそらく復員したその日、「よくぞ無傷《むきず》で帰って来てくれた！」と涙し、抱きかかえんばかりに喜んで出迎えてくれた母親に、夫は思わず「実は僕はいったん出撃命令が出て、塚田たち四人と飛び立つはずだったのに、天候不順で延期になり、その後再編成された時、山口准尉の命令で、僕だけ外されていて、こうして帰ることができたんだよ」と、ついぽろっと口に出してしまったのではないでしょうか。

そうでなければ舅や姑の口から、「山口さん」という言葉が出ることはなかったはずです。

でも親にしてみれば「どんな形であれ、生きて帰って来てくれた、それだけでいい。何も言うことはない」という心境だったはずです。

こうした紙一重の〝運命のいたずら〟とでも言いたいようなことが、こと戦争に関しては枚挙にいとまがなかったのではないかと思います。


今、私の手許に、夫たちの属していた二〇四戦隊（通称ニ・マル・ヨン）（※註12）の名簿が残されています。平成七年に最後の会誌として作られたものですが、この戦隊だけでも、戦没者は五〇人近くに上っています。

戦後も生存者の結束は固く、「二〇四」にちなんで、毎年二月四日、靖国神社に全国から旧隊員が集まり、慰霊祭を欠かさず続けていました。

戦没者のご遺族の出席もあって、慰霊祭の後に開かれる親睦食事会を含め、年に一度の恒例の行事を、夫もとても楽しみにしていたものです。

二月の初めといえば一年中で最も寒く、若いうちはともかく、歳取ってからの集まりは大変でしたが、それでも旧友との再会、さらには亡き友のご遺族との年に一度の交流の日とあって、夫は毎年欠かすことなく出席していました。

ごく最近になって、私は二〇四戦隊戦友会誌（一九九五年《平成七年》十一月発行）を頼りに、夫の代りに出撃なさったとも言える、笠原卓三軍曹のご遺族にお電話で連絡を取ってみようと思い立ったのです。

名簿には長野県にお住まいの弟さんのお名前が出ていました。もしご健在だとしてもお歳は八十代半ばのはずです。

でもお出になったのはしっかりとしたお声の、中年と思われる男性の方でした。私が、

「実は生前の笠原卓三さんを存じ上げているものですが、今回、夫の追悼誌を兼ねて、本を出したいと思い、失礼とは思いましたがご連絡させて頂きました」

と、申し上げると、とても喜んで下さって、笠原さんの弟さん、修さんのご子息でいらっしゃる、つまり笠原卓三さんにとって甥御さんにあたる方だということ、お父上もご存命だということを話して下さいました。でも現在は脳梗塞でご入院中だとのことです。

私としては、亡くなった笠原さんのご遺族に対して戦後も生き続けた自分の夫のことを話すのはとても辛いことでした。遺族の方の丁重な対応はとてもありがたかったのですが、やはりそれ以上はお話を進める気持ちになれず、とりあえず消息が分かっただけでも、なにか

心の重荷が下りたような気持ちになって、またのご連絡を約束し、受話器をおいたのでした。

その後、すぐにお手紙を差し上げたところ、早速その甥御さんの方から鄭重《ていちょう》なご返事が届きました。

拝復
お手紙有難うございました。

早速、入院中の父に、頂いたお手紙を読み聞かせましたら嬉しそうに聞き入っておりました。

同封の資料の「一枚の写真」も見せると、「一番左端が兄貴だ」と、懐かしそうに見ておりました。

両親の話によりますと、今から二十数年前、伯父達特攻隊の最後の慰霊祭が九段会館近くのホテルであった折に、ご主人の中田輝雄さんにお会いしたそうです。中田さんから、

「卓三さんの特攻の戦果を見届けて報告する立場になってしまい、自分ばかり生き残っ

てしまいました。大変申し訳なく思っています。いつか卓三さんのお墓参りをさせて頂きたいと思っています」とのご挨拶をいただいたとのことでした。

父親はこの時遺族代表の挨拶を控えていて、頭の中がいっぱいでそれ以上の記憶がはっきりしないようなのですが、同席しておりました母親が中田さんはとてもきれいで品のある方でよく記憶に残っていると話しておりました。（後略）

とても達筆で、お心のこもったお手紙でした。

一方的にいきなりお電話など差し上げた失礼を申しわけなく思っていたので、ほっと安堵する思いで読ませて頂いたのです。

夫が靖国神社の慰霊祭で笠原さんの弟さんにそのような形でお詫びを申し上げていたことを私はその時初めて知ったのでした。

（きっと妻である私にさえ、言いたくなかったのかもしれない）、そうも思い、その時の夫の辛い、複雑な胸中が伺えて、何とも不憫《ふびん》な想いに捉われるのでした。

決して夫に非があったわけでもなく、また夫の意思で動かせることでもなかったのに、それでもやはり「申しわけない」という思いを抱えたまま、生きていることじたいを自ら責め続け、その生涯を終えたような人だったのですから。

しかも、その頃の私は夫に背を向け続けていた……。夫がその切ない苦衷《くちゅう》を打ち明けるには、あまりに遠い存在だったに違いないのです。可哀そうに、なんというひどい妻だったのでしょう。その当時の夫の心境を思うと耐えられない気持ちになります。どんなに詫びても今更どうにもならないことなのですが……。

それにしても戦争というものの何という酷《むご》さ！　愚かしさ！　まるでトランプのカードでも取り換えるように人の命を扱う、《戦争》という名のゲーム感覚にも似た、非情そのものの所作……。

あの時、上官たちの思考回路の中では、恐らく「戦果を挙げるにはどのカードを先に出し、どのカードを後回しに出したらより効果的か……」ということしか頭になく、個人個人の「こころ」や「関わり」など、まったく意味を持たないものだったに違いないのです。

山口さんにしても、人選に個人的な思惑など何ひとつあったわけでなく、戦況を日本側に如何に有利に……という思いだけが先行していたに違いありません。

しかし、その部下たちは長年生死を共にし戦火をくぐり抜けてきた、可愛い、そして優秀なパイロットたちだったはずです。恐らく山口さんも苦渋の選択を強いられていたに違いありません。まさかその後一カ月足らずで戦争が終わるなどとは知る由もなく……。

ですから長年影のように行動を共にしていた親友と引き裂かれたことを、どんなに夫からなじられようと、あの時はああするより他なかった、としか言いようがなかった……。これこそが《戦争》というものの計り知れない恐ろしさ、理不尽さではないでしょうか。

私はそこに何とも言えない憤りを覚え、自分がこうした事実を実際にナマの声でお伝えできる、限界ギリギリの年齢であること、そしてさらに最後の語り部として、どうしても伝えておかなければならないことがまだまだ残っているはず……そう思えてならないのです。

あの十四歳の夏、自分が実際にこの目で見てきたことを、亡くなった方のご遺族へはもちろんのこと、後々の世までも今こそ伝えておかなければ……そんな焦燥感に日夜捉われている私なのです。

※註12：二〇四戦隊＝

昭和十七年四月、西満州の鎮西で、飛行第二〇四戦隊として編成された。操縦者は主として当時南方戦線にあった戦闘隊員により編成された。ビルマへの移動が内示され、その後いったん内地へ帰還し、すぐに屏東、サイゴン、シンガポール、バンコクを経由、ラングーンで防空戦闘に出動、のちインパール作戦にも参加した。その後、台中に到着した直後、米軍の沖縄上陸を迎え、特攻作戦が開始されたため台北の松山飛行場で特攻訓練を行い、のち花蓮港に移った。八塊を基地として沖縄作戦に参加。

第14章　四十六年間の預かりもの

「もしも内地に帰るようなことがあったら、俺のマフラーや寄せ書きをおふくろに届けてやってくれないか」と言われて、「うん、いいよ」などと気軽に肯いていたあの日……それは昭和二十年（一九四五年）五月の初旬のことでしたが、引き揚げる時はもちろんのこと、就職して田舎町に赴任した時も、結婚のため上京した時も、さらにその後、数度の転居を繰り返した後も、高田さんのマフラーや家族写真はずっと私の傍《かたわら》にあったのでした。

高田さんの住所は探そうと思えばすぐにも探せたはずです。出身が「少年飛行兵十三期」だったことも記憶にあったのですから、それをつてに調べることもできたかもしれないのです。でも私の中にはあえて探そうという気持ちになれない何かがありました。それは、遺品をお届けすることで、かえってご遺族の悲しみをえぐり出すことになりはしないか……というおそれも含めてのものでした。

でも、引っかかっていたその「何か」が、とんでもない大きな意味を持っていたことを、私はそれから四十数年も先に思い知らされることになるのです。

たしか平成二年（一九九〇年）頃だったと思いますが、すぐ上の節子姉が、
「鹿児島に三姉妹で旅行に行かない？」と突然言い出しました。
「知覧《ちらん》っていう街に、特攻隊の記念館があって、特攻で亡くなった方の写真がいっぱい飾《かざ》られているそうよ」

その時私たちは既に三人とも還暦前後のおばあちゃんになっていて、上の姉は福岡、節子姉は広島、私は千葉と、まったく離れ離れで住んでいたのです。
「あの時の皆さんのお写真も飾られているはず。行けるうちに三人で一度行って見ましょうよ」

やはり姉たちにもさまざまな思いがあったのでしょう。

私たち三人姉妹がそろって、知覧特攻平和記念館を訪れたのは、その年の秋も深まった頃でした。

ＪＲ駅からのバスが会館に近づくにつれ、紅葉しかけた街路樹沿いに白い灯篭《とうろう》が建ち並んでいるのが見えます。

会館に入った私たちは、飾られた写真の数の多さに言葉を失いました。聞けばここ知覧平和会館には一千人以上の遺影《いえい》が祀《まつ》られているというのです。飛行帽に鉢巻をきりりと締《し》めた人、にっこり笑顔で写っている人など様々な写真があります。（この中から一人一人探し出すのか……？）、ちょっと途方に暮れる感じでした。

遺影が飾られている区画は幾つにも仕切られていて、どうしても入口に近い所は混《こ》んでいる様子です。私達は適当に歩を進め、中ほどの場所から三人で手分けして探すことにしました。

ところが私達が選んだ最初の部屋に一歩足を踏み入れとたん、息を飲みました！

驚いたことに、探す暇《いとま》もなく、いきなり高田さんのあの鋭い眼差《まなざ》しが私を射抜いたのです。

「ああっ！」

思わず叫び声を上げていました。偶然にしてはあまりにもできすぎた、「写真」との再会でした。

姉たちも茫然《ぼうぜん》自失《じしつ》といった態《てい》で、しばらくの間その場に立ちすくみ、じっとその遺影を見あげています。

高田さんは待っていたのかもしれません。じりじりしながらずっと待ち続けていたのかもしれません。

飛行帽を被《かぶ》り、あの独特の人を射抜くような鋭い眼光《がんこう》で、「芳《よ》っちゃん、いったい何してたんだよ！　俺の預けたもの、何時《いつ》になったら届けてくれるんだよ！」と、どやされている気がして、私は心の中で「ごめんなさい！」を何度も繰り返すだけでした。

その後《ご》、あの《一枚の写真》の中に写っていた塚田さん、織田さん、笠原さん初め、亡くなった方の遺影《いえい》もすべて探し当て、あらためて往時の「梅屋敷」や「台電クラブ」での在りし日の皆さんの姿を記憶の中で重ね合わせ、そこに流れた長い歳月を思い起こすのでした。


その足で私はすぐに平和会館の事務所を訪ね、高田さんとの台湾での出会いなど詳《くわ》しく話をしたのです。

「お預かりした遺品《いひん》をお届けしたいので住所を……」とお願いすると、快《こころよ》くお住まいや電話番号までも教えて下さったのでした。現在のように個人情報《じょうほう》保護法などというものがまだできていなかったのが幸いでした。

高田さんは富山県西礪波《となみ》郡、現在の南砺《なんと》市のご出身であることが分かりました。

「僕の田舎は雪が深いんだ」

ボートを漕ぎながらポツンと言っていた言葉を思い出しました。それまで私は何となく、雪イコール、新潟県という気がして、ずっと高田さんは新潟ご出身、と思い込んでいたのです。

旅先から帰ったその夜、さっそく私は教えられた高田さんのお家族の家の電話番号を回しました。お出《で》になったのは、あの家族写真に写っていた、当時二歳くらいの赤ちゃんだった弟さんでした。

絶句《ぜっく》するほどに驚かれ、

「これまでそうした情報はいっさい入らず、届いたのはたった一枚の戦死の広報《こうほう》だけでした。ですから母親は兄の死をずっと享《う》け入れられず、『豊志《とよし》のことだ、南の島のどこかで生きているに違いない』、そう信じて四十五年間、一日も欠かさず兄の遺影に三度三度〝かげ膳《ぜん》〟を供《そな》え続けていました。兄のことでこうしたご連絡を頂くのはこれが初めてです」

と、予想した以上に喜んで下さったのでした。

「お母さまはまだご健在ですか？」

という私の問いに、弟さんは声を落として、

「去年亡くなりました。まだ一年経っておりません」

（ひと足遅かった！　もっと早くご連絡すべきだった）、深い後悔が走りました。

でもその次に弟さんのおっしゃった言葉に私はほっと救われたのです。お届けするのが遅くなったことをしきりに詫び続ける私を遮《さえぎ》って、

「母親がここまで長生きできたのは、きっと兄貴が絶対何所《どこ》かで生きていると信じ続けていたからこそ……だったのですよ」

慰めるようにそうおっしゃって下さるのです。

もしかしたら高田さんご自身が、あえて私を押しとどめていたのかもしれません。

たしかに、もし終戦直後、あるいは二十年前とか三十年前に届けていたとしたら、お母さまはその時点でいやでも最愛の息子の死を受け入れなければならなかったはずです。（どこかできっと生きている！　絶対に帰ってくる！）、そう信じ続けたからこそ執念《しゅうねん》で、そして生きるハリともなって、長生《ながい》きできたのかもしれません。

考えてみるとお母さまが亡くなられたその直後に、私たち三姉妹は知覧平和会館行きを思い立ったことになります。なんという偶然でしょう！　四十六年間の空白が持つ意味の重さ、不可思議さ、私は改めて高田さんの類《たぐい》まれな魂の強さを信じずにはいられませんでした。

ただ何とも申しわけなかったのは、お母さまは常々、「豊志はいったいどんなものを口にしていたものやら……」と、案《あん》じ続けておられたというのです。無理もありません。南方戦線のニューギニアなど、所によっては食べるものも乏《とぼ》しい中で亡くなった兵隊さんは少なくなかったのですから。

「台湾では食べ物も豊富《ほうふ》でしたし、特攻隊の方々には特別に軍隊から支給されていたようですから、今の日本のお食事とすこしも変わらないくらいだったのですよ」とお答えしながら、ふっと私の脳裏《のうり》をあのお松おばさんや、梅屋敷の腕の確かな板前《いたまえ》さんの顔がよぎるのでした。終戦直後の混乱で、ご挨拶もできないまま別れてしまった懐かしい人たち……。

その時の電話で娘さん、つまり豊志さんの姪御《めいご》さんが、私の住む千葉県にお住まいで、しかもお互いの最寄《もよ》りの駅が同じ「幕張本郷《まくはりほんごう》」と聞き、これまたその偶然のご縁に驚いたものです。

早速連絡をとって、我が家へいらして頂くことになりました。

真紀《まき》ちゃんとおっしゃるその娘さんと、都内にお住まいの高田さんの妹さんと、二人でおいでになるというので、ＪＲ幕張本郷の駅まで車でお迎えに出ました。

お二人を乗せての道《みち》すがら、私たちはこれまた不思議な体験をするのです。

駅を出て間もなくのこと、車のフロントガラスの真ん前を一羽の美しいアゲハ蝶が、まるで手招《てまね》きでもするかのようにひらひらと行き来するのです。それは息を呑むような光景でした。

「あ！　豊志兄さんだよ、きっと」

妹さんがポツリと呟きました。そのとたん、蝶はペタンと目の前のフロントガラスに貼《は》り付いたように止まり、スピードが大分出ているにも関わらず微動《びどう》だにしないのです。信号で止まったときにもかすかに羽を震《ふる》わせるだけ、この辺《あた》りでは普段《ふだん》蝶を見かけることなど滅多《めった》にないのに。不思議を通り越して私は胸がいっぱいになりました。

最後の信号まで来ると、まるで別れを惜《お》しむように羽を広げ、大空へ飛び去っていったのです。しばらくの間、私たちは三人とも口をつぐんだままその行方を目で追うだけでした。

ひとの魂が蝶になって現れる、という話は前にも聞いたことがありましたが、あの日の蝶は間違いなく高田さんだった、と思っています。

それから間もなく、私は羽田から空路富山へと向かいました。四十六年間という長い歳月、お預かりしたままになっていた白い絹のマフラーと、ハンカチに書かれた寄せ書きなどをご遺族にお届けするために。少女時代の大切な思い出の人、高田さんとの約束を果たすために……。

その日は遠来《えんらい》の私のためにと、ご親戚の皆さんがご実家に集まって下さり、時の経《た》つのも忘れて、豊志さんの思い出話に耽《ふけ》りました。お墓参りもさせて頂き、高田さんとの間に流れた四十六年という長い歳月をしみじみと思い返してもみました。

その時に見せられたのが高田さんの三年間にわたる珠玉の歌集「歌日記」だったのです。

どの歌を読んでも、きっちりと筋の通った高田さんの性格がそのまま詠《うた》いあげられているような作《さく》で、こんな格調《かくちょう》高い歌を詠《よ》んでいた人だったなど、想像もしていなかっただけに、いっそう心打たれる思いがするのでした。

明日という日が約束されていない毎日。いつ下りるか分からない命令をじっと待つ日々……凄《すさ》まじい葛藤《かっとう》に苛《さいな》まれ続けていたであろうその時に、「一日一首」と自らに課し、心の拠《よ》り所として作り続けた短歌の歌日記。少なくとも書き綴《つづ》っている間は無心になれて、重圧《じゅうあつ》からも解き放たれていたのかもしれません。

高田さんの珠玉の歌集は、現在も富山県の遺芳館《いほうかん》というところに、他の戦没者の遺品などとともに大切に保管されています。また、本にもなっていて、インターネット上で「高田豊志」の名で検索するとそのすべてを見ることができます。


もしも彼らが戦争に巻き込まれることなく、平和な時代を生き続けることができたとしたら、それぞれがきらきらと輝く未来を持っていたに違いないものを……あの戦《いくさ》で日本は、どれほど多くの優れた人材を失ったことか、計り知れないものがあると思います。


テレビ局の「BSジャパン」による特攻ドキュメンタリー番組『どうしても伝えておきたい一枚の写真』の製作はその後も着々と進められていました。

その中には富山の高田さんのご実家を再び訪ね、ご遺族にお話を伺うという企画も加えられていました。

少ない予算の中での製作だったようで、私とディレクターさん二人きりで早朝羽田を発ち、とんぼ返りでその日のうちに帰宅、という駆け足ロケでした。

でも私としては前に遺品をお届けした日から数えて、十九年振りのご遺族との再会が嬉しく、疲れなど微塵も感じられませんでした。それどころかあちらのご家族の温かな歓待に心癒され、豊志さんの幼い頃のことなども存分に伺うことができて、満ち足りた刻《とき》を過してきました。

以前伺った時にも見せて頂いたのですが、昭和十七年（一九四二年）に豊志さんが家を発たれるとき、お父様がヒノキの苗木をお庭にお植えになったのだそうで、その木が見違えるほどの大樹に成長し、なんと二階の屋根を超《こ》すくらいにまでなっていたのは驚きでした。

両腕を回しても届かないくらいの太さに育っていて、その威風堂々とした姿は、そのまま高田家の誇りを象徴しているかのようにも見えました。

六十五年という歳月の流れ。でもご遺族の方達の思いは歳月を重ねようとも少しも変ることなく、今も脈々と受け継がれていることを改めて感じたのです。

そのがっしりとした樹の幹に両の手のひらを押し当てていると、高田さんがとつとつと語りかける声が聞こえてくるようで、しばらくの間私はその場にじっと立ち尽くしていました。

第15章　花蓮の海に

長い間、その名を思い出すことさえ辛く、ずっと拒み続けていた《花蓮《かれん》》の地。でも、何時の日かその海をこの目で見て来なければ……。その思いはいつしか私の中で日増しに膨らみ、次第にかたまっていきました。

彼らが人生最後に見た海。翼を振りつつ祖国に別れを告げ、渡っていった海原《うなばら》を身体の動けるうち、この目でしかと見届けておかなくては……。

あの日彼らはどんな思いで操縦桿を握りしめていたのでしょう。

高田さんは…塚田さんは…織田さんは…、そして笠原さんは……。

異郷の地、台湾でそれぞれが故郷の父母を想いながら、残された束の間の刻《とき》を過した花蓮……。

その後、ほどなくして台湾行きの機会が訪れました。

私の台湾時代の小学校「建成《けんせい》」の同窓会が三年振りに現地台北で開かれることになったのです。この機会に花蓮へ回り、海辺のロケもということで、テレビ局のディレクターさんもその同窓会ツアーに同道することになりました。

母校「建成小学校」の建物は今もそのまま残されていて、「建成国中」という中学校として受け継がれています。

一九一九年、日本人技師によって建てられたというその校舎は赤煉瓦造り、シンメトゥリーが特徴の美しい建物で、終戦直後からは長い間、台北市役所として使われてきました。

今でも現地の在校生達は、七十年も前の卒業生を「先輩、お帰りなさい！」と、たどたどしい日本語で温かく迎え入れてくれるのです。

平成二十二年六月、総勢七十名、それも平均年齢が八十歳というツアーが組まれ、恒例の日台合同の同窓会が実現しました。九十歳という高齢の方もいて、「今回が最後の訪台になるのでは」という思いがそれぞれの胸の内にあったはずです。むろん私もそうでした。

同窓会大会を終えた明くる日、ディレクターさんと共に花蓮の地へと向かいました。海を撮《と》るのも無論大きな目的でしたが、例の集合写真、十九人の若者たちが互いに肩を組み合い、豪快に笑うあの写真が撮影された場所、出撃前夜、別れの盃を酌み交わした、あの宴《うたげ》の場を是非とも探し出したい、というもうひとつの目的を心に秘めて。

それは以前からディレクターさんの、たっての希望でもあったのです。

台北駅から汽車で花蓮へ向かい、駅前からタクシーを使って現地を回ることにしました。ところがこれが思ったより以上に困難を極めたのです。地図を広げて花蓮の観光局に電話したり、観光案内書を頼りにぐるぐる回るのですが、もう六十年以上も昔の話です。現地の人もよほどのお歳でないかぎり戦争当時の記憶もなく、一向に手がかりは摑めません。

唯一の頼みの綱は、現在も台北市にお住まいの片倉佳史《かたくらよしふみ》さんという台湾研究の著述家の資料でした。この方とは偶然前夜の同窓会の席上でお会いする機会を得たのですが、お若いながら、台湾統治時代の歴史の研究に関しても第一人者でいらして、旧特攻基地についての貴重な情報もいろいろと教えてくださったのです。

それでもあの写真が撮影された確かな場所を特定するのはやはり難しく、タクシーの中から、ここぞと思うところに携帯で片端から電話をかけ、国立東華大学近辺ではないか、との情報を得ました。

しかし、そこまで出かけて大学の学生たちに聞いてみても、何ひとつ手がかりは掴めません。

なかば諦《あきら》めかけた時、ガイドブックに「松園別館」という建物が出ていて、それは日本統治時代、軍部によって建てられた建造物であること、かつて軍司令部との関係もあったことなどが記されているのを見つけました。とりあえずそこへ……と、再びタクシーを走らせたのです。

その日は今にも雨が落ちてきそうな薄暗い日でしたから、まだ午後三時を回ったばかりだというのに夕暮れ近くを思わせる心細さです。このまま分からずじまいだったらどうしよう。そんな焦りが私はもちろんのこと、ディレクターさんにもありありと見えていました。

ようやく松園別館と書かれた建物を見つけ、門を入ってみると、それほど昔の建物とは思えない、とてもモダンな建築。しかも彫刻などのアートが展示されている美術館なのです。

観光客もまばらで、聞いてみようにも係りらしき人には日本語も英語も通じません。途方に暮れた私とディレクターさんはとりあえず二階へ上がってみることにしました。

瀟洒《しょうしゃ》なバルコニーに立つと、松並木の向こうに広がる青い海！　息をのむほど美しい水平線が目の前に広がっています。

ああ、この海を渡ってみんな沖縄へと向かったのだ……、そう思っただけで胸がいっぱいになりました。


もういい、この海が見られただけでも充分……。私は美しい松林の立ち並ぶその先に洋々と広がる太平洋をしばらくの間深い感慨で眺めていました。

と、その時です。親子らしい男性二人の観光客が私たちのすぐ後ろを通りすぎようとしたのです。

もしかしたらなにか糸口でも…、藁《わら》をも掴むような思いで咄嗟《とっさ》に声をかけました。若い息子さんなら英語が通じるかもしれないと、「すみません、英語、話せますか？」と聞いてみました。でも、首を傾《かし》げて、難しいことは……という表情。次の瞬間、お父さんらしいその老人が、

「ワ・カ・リ・マ・セ・ン」

と現地の人らしいアクセントではありましたが、はっきりと日本語で応じて下さったのです。

「まあ、日本語お分かりなのですね！」

「スコシ、スコシデス」

私は驚きながらも救われる思いで手《て》・まね・も交えながら、ゆっくりと一語一語噛みしめるように、

「昔、この辺に日本軍の特攻隊の人たちが泊っていて…」

と言いかけると、そのお父さんは遮《さえぎ》るように、

「そう、ここ、ここだよ。ニホンのトッコウタイの人たち、ずっとここにいたヨ…」

と、両手を使ってこの場所に滞在していたことを教えて下さったのです。

私とディレクターさんは思わず顔を見合せました。

ああ、やはりここがあの別れの宴の撮影現場！　あの日、出撃を間近にして、互いにお酒を酌み交わし、永遠《とわ》の別れのひとときを過した場所！

涙が溢れました。

六十五年もたっているのですから、畳敷きの部屋がそのまま残されているわけはないので

す。張りつめられた床板に、数々の木彫りのオブジェが点々と飾られている大広間。六十五年前、この場所であの出撃前夜の写真が撮影されたのは間違いありません。

（とうとう来てしまった！）、力が抜けてゆく感じでした。

私は持って来ていた大切な《一枚の写真》と、高田伍長のあの「家族写真」を取り出し、バルコニーの柵の上に並べました。

「ほーら、海が見えるよ……あなた達が毎日眺めていた海ですよ……」

それぞれが翼を振りながら沖縄へと旅立っていったその海が目の前に広がっていました。六十五年前、若き特攻隊員たちの最後の姿を見ていたであろう《花蓮》の海が……。

今にも降り出しそうな空模様でしたが沖の方は波ひとつなく、海はおだやかな表情を湛えて滔々《とうとう》と横たわっています。

待たせてあったタクシーに置いてあった花束を取りにいき、少し風の出てきた砂浜を突きぬけ、波打ち際まで歩いて行きました。歩いていると、寄せては返す波の音にまじって遠くに啼き交わす海鳥の声が聞こえるだけ。渚にはほとんど人影もなく、サクサクと砂利まじりの砂浜を踏む自分の足音だけが耳に入ります。

「とうとう来てしまった！」

私は思わずもう一度、声に出して言っていました。

思えば長い長い道程《みちのり》でした。

十四歳の夏にめぐり会った人たち……。まるで命と向き合って暮らしていたような若者が次々と私の目の前から姿を消した時のあの哀しみは、私の心に今なお深い傷となって残されています。

その中の生き残った一人と結婚し、様々な心の遍歴を経て、今こうして思い出の海辺に立つ私。その夫ももはやこの世の人でなく、共に当時を語る人は誰一人として残ってはいない……。

すべてが走馬灯のように深い感慨となって、私の瞼の裏に浮かんでは消えてゆきます。

学校帰りに料亭「梅屋敷」に侵入し、植え込みの陰から首を伸ばして夢中で中を覗き込んでいたオカッパ頭の女学生……。

あの日から八十歳の坂を越える今日《こんにち》まで、ずっと途切れることなく纏《まと》い続けてきた哀しい戦争の記憶。それは私の人生そのものだったと言っても過言ではないのです。戦争は戦場にのみあるのでなく、人々の心の中にこそ「傷み」として何時までも遺《のこ》されるものなのですから。

私は自分の体験してきたことが実に稀有《けう》な、運命的なことだったなどと、その頃には考えもしなかったのに、今にして思えば、あの時まるで吸い寄せられるように梅屋敷に忍び込んでいた自分が、自らの意志ではなく、確かに誰かに背中を押されるような感じで動いていた……と、そんなふうに思われてならないのです。

「私は何かの力に導かれ、あの若者たちの思いを後々まで語り継ぐべきミッションを背負わされていたのかもしれない」などと言うと、何を神がかり的な！　と、一笑に付されてしまうかもしれませんが、私には確かにそう思えて仕方がないのです。


眼を閉じると、台湾の夏の午後の少しばかり重くけだるい空気の中で、あの日々若者たちが交わしていたありきたりな日常の会話が今でも耳の底に残っているような気がします。

ごく普通の日常のやりとり……。その向こうでなぜかレコードのコンチネンタルタンゴ『碧空』の切ないメロディーがいつも流れて聞こえてくるのです。みんなが好きだった曲、『奥さまお手をどうぞ』とか『夜のタンゴ』なども……。

あの時確かに彼らは生きていた。健康な、健全な若者として！　真っ白な歯を見せて笑っていたあの日の彼ら！　あのまま生き続けられていたら、それぞれどんな人生を送ったのでしょう。

私はこれと言って深く信仰する宗教も持たないのですが、いままで何か苦しいことに直面したり、逆に感謝の気持ちに満ちた時、折に触れて心の中であの時の皆さんと対話を重ねてきました。

こちらが歳を取ってしだいに弱っていく一方、みんな何時までもあのときのままの、たくましく、闊達な若者。迷いの中にあっても、時に祈り、話しかけるだけでいつも何らかの解答を頂くことができました。

私の人生の、いつも羅針盤だった彼らでした。今までの生涯、どれほど力を頂いてきたことでしょう。

人生の幕を閉じるとき、「ありがとう！」という言葉は、残された家族や友人のみならず、あの時の皆さんにも言っておきたいのです。

それにしても「風変り」な私の一生だったと思います。

幼いころからの「言葉遊び」という趣味が昂《こう》じて本を出版するまでに至った「回文作家」（※註13）としての私。

さらにその延長線上で「逆回転で歌を歌う」という特技を身に付け、いつの間にか民放各局はおろか、NHKやBS、CSの各テレビ局にまで出させて頂いた、ここ二十年余りでした。

でも自分が持つ風変りなその個性が、なにか「過去へのかかわりによって形成されていったのではないか？」と、思わずにはいられないことがよくあります。こじつけと言われればそれまでですが、私にとって「過去」は単なる「過ぎ去ってゆくもの」ではなく、いずれめぐりめぐって「帰りつく場所」のような気がしてならないのです。

私の十四歳の夏も確かに遠い日々ではありながら、私の中では今も永遠に生き生きと脈打つ刻《とき》の流れの一環として蘇ってくるのです。

永遠の夏。

あの日逝った若者たちは確かに、ずっとずっと私の中で生き続けてきた！

台湾という異郷の地で最後の時を過さねばならなかった彼らにとって、私はおそらく故郷の家族に想いを馳せることのできるとっかかりのような存在だった。そう思いたいのです。だからこそ、彼らが最後に見た海をどうしてもこの目で確かめておきたかったのです。

花束を抱え、小砂利に足を取られながらたどり着いた渚《なぎさ》には思っていた以上に大きな波が寄せ返していました。

それは繰り返す人間《ひと》の呼吸にも似て、まるで地球そのものの息づかいのようにも感じられるのでした。この大海原《おおうなばら》のはるか彼方のどこかに、眠り続けているであろうあの日の若者たち。小さく砕かれたその骨は白い貝殻となって海原の優しい懐に抱かれ、今も波のまにまに漂《ただよ》っているのでしょうか……。

花蓮の街で買ってきた花は、大輪のすかし百合、そして真っ白なカサブランカでした。ひときわ大きな波が押し寄せた時、私は力をこめてお花の束を波間に投げ入れました。

寄せては返す白い波しぶきの中でそれはしばらくの間翻弄《ほんろう》されていましたが、やがてしだいに沖の方に吸い寄せられ、涙でぐしゃぐしゃになった私の視界から遂に消え去ってしまいました。

《花蓮》の海に立つ。それは私にとって人生の決着といってもいいほどの大きな意味を持っていたことを、その瞬間、私は知ったのです。

あの日の若者たちの魂よ、永遠に安らかなれ……そんな祈りにも似た思いが交錯する中、これでようやくひと区切りついたという、安堵の思いもあって、胸いっぱいにこみ上げるものがありました。涙でにじむ水平線の彼方に、あの日、翼を振りつつ消えていった彼らの機影が二つ、また三つと浮かんで見えてくるような気がして私はその渚《なぎさ》に何時までも立ち尽くしていました。

註13：回文作家＝

回文とは＝たけやぶ焼けた＝のように上から読んでも下から読んでも同じ文章。筆者は回文作りを特技とし、朝日新聞の投稿欄に常連として幾度も掲載された。日本中の都市七八三市をすべて回文でまとめた『日本全国ご当地回文』を二〇〇九年に太田出版から発刊。

あとがき

「文通だけでよく結婚したものね」

時折りそう言われてきました。

無理もありません。確かに夫については太平洋戦争末期、わずかの交流があったきり。しかもその頃私は十四歳という、いわば子供だったのですからほとんど何も分かっていなかったはずです。

けれど私は人生の岐路の選択を、軽々しかったとは決して思ってはおりませんし、恐らく夫も同じように答えてくれると信じています。

筆を擱《お》くにあたって、未だに忘れられない壮烈な思い出を記しておきます。

特攻出撃に際して多くの場合、その目的地まで「誘導機」がついて行くのですが、それは友軍の戦果を確認し、帰還してその状況を報告するという任務を帯びていたのです。

戦友が次々と体当たりをするのを見届け、どれだけの成果をあげたかを基地に戻って報告しなければならないのです。一緒に出発して、帰るのは自分だけ。はじめからそれが分かっていて飛び立っていく。さぞかし辛い立場だったにちがいありません。

「一枚の写真」の中で、前列のうち五人が「第一次神威特別攻撃隊」として昭和二十年（一九四五年）五月二十日に出撃したのですが、後列に写っている藤井《ふじい》繁幸《しげゆき》軍曹がその時、「誘導機」として一緒に花蓮《かれん》の基地を飛び立っています。

藤井さんは普段からとても物静かな方でした。

ある時私が宿舎を訪れると、何やらパチンパチンと、鋏《はさみ》の音がします。何だろうと思って覗《のぞ》いてみると、藤井さんが一人で正座し、床の間にお花を生けていらっしゃるのです。

その瞬間、私はまるで何か煌《きらめ》くオーラのようなものを藤井さんの背中に感じたのでした。男なのにお花のたしなみがおありになる、そのことが子供なりに、教養のある立派な人！と思わせ、何か近寄りがたい霊気のようなものを感じたのです。いつもなら「藤井さん、お花を生けるの」などと気軽に声をかけたはずなのに、その時ばかりは何も言えず、ただじっとその後ろ姿を見つめて突っ立ったままの私でした。

藤井さんは帰って来ても、誰に咎められることもない立場でした。戦果を見届けて報告する、という任務を命じられていたのですから。

でも藤井軍曹は還ってきませんでした。

そのことを知った時、私はあの日床の間に向かってきりっと背筋を伸ばし、正座していた藤井さんの背中を思い出したのです。

そしてふっと思いました。

藤井さんは初めから帰還するお気持ちはなかったのではないかと。

未だにあの日の藤井さんの後姿が目に浮かび、その葛藤……そして決意のほどが伝わってくるような気がしてならないのです。

戦没者の名簿には、ご一緒に散った特攻五機の方の名前の下に「藤井繁幸軍曹＝誘導」とだけ記されています。さらに心傷むのは、知覧《ちらん》平和祈念館の沢山の遺影の中に、藤井さんのお写真は飾られていないという事実です。

いつも一緒に行動し、特攻訓練も受けていたのに、ただその時の任務が「誘導」だった、ただそれだけのことで、なのです。

私は藤井さんのことがずっと忘れられずにいました。ふだんから口数が少く、こちらから問いかけないかぎりずっと黙っていたような人だったのに、その優しい目、深い何かをいつも湛えていたようなその微笑がずっと気になってならなかったのです。

あの時、旅館の床の間でお花を生けながら、藤井さんはいったいどんなことを考えておいでだったのでしょう。

ただ言えることは、あの藤井さんなら、いかに軍の上層部の命令とはいえ、自分一人だけ還って来れるような人ではなかったと、私は確信するのです。「子供だったのにどうしてそんなことが？」と問われても、「そう思うのだから…」としか答えようがないのですが。

昨年の春、にわかに思い立って、私は二〇四戦隊の名簿を頼りに藤井さんのご出身地である山口県のご自宅にお電話してみました。どうしてもこのままにしてはいられなかったのです。

出ていらしたのは藤井さんにとって従弟《いとこ》に当たる方の、ご子息のお嫁さんという方でした。普通、お嫁さんという立場、しかもご本人からは遠いご縁の方なのですから、どちらかというと余り関心を示してくれなくても仕方ないはずです。むしろ冷やかに「今さら何を？」と言われてもおかしくない状況なのです。でもその若い女性の方の応対は本当に心優しく、し

かも、

「私は藤井の家に嫁にきたのですけど、繁幸叔父さんについては前から知りたいと思っていました。お電話頂いてとても嬉しいです」とおっしゃって下さるのです。私は救われたような気持ちになって、当時の藤井さんの想い出、床の間の前でお花を生けていらしたお姿……などお伝えしました。

たまたま、あの東日本大震災の直後、三月二十三日のことでしたが、私が千葉であることを聞くと、

「地震、千葉の方も大変でしたのでしょう。何か必要なものがありましたらおっしゃって下さいね」と優しく言って下さるのです。さらに続けて、

「そう言えば今日は春のお彼岸ですね。きっと繁幸叔父さんのお引き合わせなのでしょうね」と、しんみりとした語調でそうおっしゃるのです。

目の奥がジーンとなって思わず涙してしまいました。

そして藤井さんをそのように思って下さるお嫁さんがいる、そのことが分かっただけでも、救われる思いがして、あの十四歳の夏に巡り会った人たちとの間でひとつ宿題が解けたような、ほっとした気持ちになるのでした。

この先、残された時間の中で、どれだけのことができるのか心許ない気もしますが、これからもあの夏の日の思い出を紐解き、なすべきことをひとつひとつ片付けてから、この世を去りたい、とそう願っています。

「死んでゆくのが全然怖くない」、とまでは申しませんが、向こう岸に渡った時、あの日の若者たちが「おい、台湾産のじゃじゃ馬がようやく来たぞぉ！」と、総出で出迎えてくれるような気がしてなりません。

いきなり八十を超えるおばあちゃんが現れて、冗談のきつい彼らがどんなことを言ってくれるのか、想像するだけでも頬が緩《ゆる》みます。

それにしても、どうして彼らはこうも晴れやかな笑顔でカメラに収まることができたのでしょう？

私は改めて考えてみました。

それはひとえに同じ目的を持つ、男同志の友情。そして一体感。さらには「今こそ、この俺たちが祖国日本を救うのだ！」という自負心。それらが揺るぎないものとしてお互いの胸の内に根付いていたからではないかと思うのです。だからこそ、生き残ってしまった夫は、のたうち回るほどの辛酸《しんさん》を舐めねばならなかったのではないでしょうか。

しかし、私はここであえて言いたいのです。たとえどんな大義名分があったにせよ、誰が望んで「死」を選ぶでしょう。

時世の流れに翻弄され、消えていったあの日の若者たち。そして《一枚の写真》の奥に秘められた「人間としての傷みや哀しみ」。文献には残されないままのそれらは、多くを語られることなく、やがては時の彼方に葬り去られてしまうのでしょう。

その一方で、生き延びたが故にずっと苦しみ続けて生きた、私の夫のような人間もいた。自分の身代わりのように死んで行った友、笠原さんへの慙愧《ざんき》の念はそう簡単に拭い去られるものではなかったのです。

でも私は特攻出撃要員の選出については、夫からほんのわずかしか聴いていなかったので、はたしてそれが事実だったのか、単なる夫の思い込みではなかったのか？　とずっと半信半疑でいたのでした。

はからずも織田少尉のノートに書かれた遺書を目にし、やはりそれが真実であったことを知ったときの衝撃！　夫の歿後十年目、戦後六十有余年にしてはじめて確認出来た真相でした。

それまで、いつまでも昔を引きずったまま生きている夫のことを、心のどこかで（意気地のない人、女々しい人）、などと歯がゆい思いで責め続けた日があったことも否めません。あの一枚の写真の貼られたアルバムを前に悄然と肩を落とし、ひとり晩酌の盃を傾けていた在りし日の夫の背中を思い出すと、どんなに悔やんでも悔やみきれない気がします。今更ながら胸痛む思いの私です。


最後の語り部としてまだまだ言いつくせないこともある気がしますが、この辺でひとまずピリオドを打ちたいと思います。

市井の一老婆が書きつづった、戦争という非日常の中での人々の生き様。十四歳の女の子だったからこそ見えた、さまざまな世相の動き。

これといった資料もなく、夫の残した二〇四戦隊の戦友会誌など、わずかの記録を頼りにここまで書きあげてきました。しかしなんせ八十路《やそじ》を越えた老女です。記憶違いもむろんあったかと思います。けれど筆者がどうしても伝えておきたかったメッセージ、「戦争の愚かさ」「こんな悲しいことを二度と繰り返してはならない！」という強い思い、それを世代を問わず感じとって頂ければ望外の幸せです。

いずれはこの世から姿を消す中田芳子という人間が、これまで過してきた人生の中での様々な出会い、そして別れを描いてきました。人はそうした出会いや哀しい別れを繰り返すことで、自らの年輪の輪数《わかず》を増やしていくものなのかもしれません。

さて、これは余談になりますが、台湾から引き揚げる時、荷物運びを手伝って頂いたことがキッカケで文通を重ねたKさんとの後日談も書いておきたいと思います。

一昨年、私が回文の本を出版した直後、Kさんが現在も和歌山県で歯医者さんをなさっていることをインターネット上で知り、お手紙を添えて一冊お送りしたのです。

ご返事頂けるとは思ってもみませんでした。でもすぐにお電話があり、私達は六十五年振りに時空を超えた、声の再会を果たしたのです。あの頃大学生だったKさんは八十代後半になっておいででした。

「先生、私のこと、覚えて下さってましたか？」

「もちろんですとも、目のクリっとしたオカッパ頭の、可愛い女学生でしたよ」

一挙に時間は巻き戻され、しばらくの間お話が弾みました。受話器を置いた後もそれはまるでひとつの物語のような爽やかな、そして不思議な感覚となって私に残されていました。


また、ＢＳジャパンによって作られたドキュメンタリー番組『どうしても伝えておきたい一枚の写真』は二〇一〇年八月十四日、終戦記念日の前夜に全国一斉に放映されました。その後視聴者の方々からの反響もあって、再放送四回、合わせて五回の放映という、重みのある、いい番組に仕上げて頂きました。

きっと、あの日の若者たちにも喜んで頂けたのではないかと思います。

六十五年前のあの日々のことを、今すべて語りつくし、長い間心に澱んでいたものから解き放たれて、ようやく一区切り整理がついたような、肩の荷が降りたような、そんな穏やかな気持ちに浸っている今の私です。

この本を、亡き夫をも含めたあの日の若者たちへの《鎮魂の書》として捧げたいと思います。

執筆に際し、日テレアックスオンの高野隆一様（現・NOTTV編成統括部番組企画担当マネジャー）、日テレアックスオンの佐藤悌様、殊にフィールドワイの吉田隆様にはいろいろご指導を賜りましたこと、ここに厚くお礼申し上げます。

中田芳子（なかだ・よしこ）

1931年台湾台北市生まれ、戦後15歳で帰国。

音楽講師。ヤマハ・jet（全日本エレクトーン指導者協会）会員。

趣味の回文作りが昂じて、全国の市をモチーフにした『日本全国ご当地回文』（太田出版）を2008年に出版。さらに特技の逆回転コトバから「逆さ歌」を考案し、NHKはじめ各局テレビ・ラジオに出演し活躍する。

HP: http://homepage3.nifty.com/sakasa/

十四歳の夏
特攻隊員の最期の日々を見つめた私

2012年7月30日　初版発行

著者　中田芳子
発行人　田中一寿
発行　株式会社フィールドワイ
〒101-0062　東京都千代田区神田駿河台3-1-9　日光ビル
電話　03-5282-2211（代表）
発売　株式会社メディアパル
〒162-0813　東京都新宿区東五軒町6-21
電話　03-5261-1171（代表）

印刷・製本所　株式会社メイク
デザイン　野村道子（bee's knees）

ISBN978-4-89610-243-7

Printed in Japan